第九届（2018—2020）小小说金麻雀奖获奖作家自选集

{杨晓敏　尹全生　梁小萍　陈兰　主编}

我们与恶的距离

肖建国 ·············· 著

中国出版集团

中译出版社

目录
CONTENTS

谁人知道杜家的哀

按说，这条路是对的。

我曾背着父母，偷偷问过爷爷。那时，爷爷已被人扒了皮，浑身鲜血淋漓，不停地抽搐着，痛苦得连脚下的土地都跟着打战。

爷爷用微弱的声音嘱托我，找到黄泉路，就能看到三生石。那上面记载着前世、今生和来世，你一定要好好看看，杜家到底造了什么孽。我们与世无争，辛辛苦苦地活着，却世世代代遭此劫难。若是不公，一定要改掉生死簿……

后面的话没说完，爷爷就咽了气。

那年我才匹岁。现在我长大了，即将遭遇和爷爷一样的罹难。我的父母、兄长和姐姐，他们都围在我身边，除了哭，还是哭。

我不想死，更不想这么活着。为了我的孩子、孙子，甚至子子孙孙，我也要看看三生石。

好像有爷爷神灵的指点，我很容易地踏上了黄泉路。一路上，到处都是火红的彼岸花，远远望去，如同用鲜血铺成的地毯。黄泉路的尽头，在一处山坳里立着三生石。可上面竟然没有字，光光的，像一面镜子。

刹那间，我悲愤到极点，抱着三生石放声大哭。没有字，我到哪里去找杜家的命？

在我哭得天昏地暗时，来了一胖一瘦两个人。他们扒开我，一看三生石上没有字，顿时就打了起来。

胖子手里拿着尖刀，像牛耳的那种，闪着寒光，刀刀都往瘦子要害部位招呼。瘦子显然会些功夫，闪展腾挪，从容反击。渐渐地，瘦子占了上风，时不时在胖子的脸上、屁股上、胸脯上拍一掌、踢一脚。

胖子气得哇哇直叫，干脆丢了刀，坐在地上破口大骂："康小八，三生石上没写字，老子说什么你都不会信。今儿个栽在你手中，要杀要剐给爷来痛快点，不可羞辱你蔡六爷。"

"好，蔡老六，我问你，当年在菜市口，你剐了我多少刀？"瘦子康小八问。

"你蔡爷手艺不精，只剐了一千五百八十五刀，就让你咽气了。"

"好，今天我同样剐你一千五百八十五刀，我俩的冤仇就此勾销。"康小八弯腰捡起牛耳尖刀。

蔡老六一听，脸色变得煞白："康小八，我剐你是奉了圣旨，你作恶多端，是老佛爷要杀你，不是我要剐你。冤有头，债有主，有本事，你找她去。"

"可你也不该剐我一千多刀，我身上长的都是人肉，不是猪肉、狗肉，更不是树棍木头。你每一刀下去，我都撕心裂肺、痛不欲生，这滋味今日一定要让你尝尝。"康小八手起刀落，旋掉了蔡老六左脸颊上一块皮。

蔡老六一声惨叫，血珠子扯成线落到地上。

蔡老六越叫得凄惨，康小八越精神抖擞，他皮笑肉不笑地挥舞着尖刀，或旋或割，或削或切，一片片铜钱般大小的人肉，从蔡老六鼻子上、耳朵上、手臂上，血淋淋地剥离下来。

蔡老六哀号连天，满地打滚儿，我连忙后退，他却一把抓住了我，像抓住救命的稻草。

"你说说，康小八还是人吗？我一刀刀剐死他，是服从命令，是为了生活啊！我是刑部刽子手，专门负责凌迟之刑，必须剐到规定的刀数，才能让他死。可他也这样对我，我冤不冤啊？"

我说："你不冤，只是很可怜。"

康小八瞪我一眼："你说他可怜，我就不可怜？别以为我不知道，剐八百刀就可完成任务，他却非要显摆技能。这种奸佞丑陋的小人，不把他一刀一刀剐死，他都不知道人心都是肉长的。"

我说："你更丑陋，也更可怜。"

我边说边给了康小八一棒子，再给蔡老六一棍子，这俩家伙齐声惊呼："这家伙是疯子，疯子！"

我不再言语，使出浑身力气，挥舞着棍子、棒子向这俩家伙劈头盖脸砸来。他俩说得没错，我是疯子，确实是疯子，但谁让他们是人呢！我遇到了人，不疯都不行。在我生命的最后一刻，只要是人，我都要将他们置于死地。

突然，我感觉胸腔一阵冰凉，就如同被掏空一般，是康小八的牛耳尖刀将我戳了个透心凉。

我知道，这样穿胸而过的刀法，即使我有九条命，也不可能再活下去。我低下头，微笑着对康小八说："谢谢您，谢谢您让我痛快地死去！"

康小八吓得屎尿失禁，脸色大变："你……你究竟是……鬼还是神？"

我内心一片灰暗。我死了不要紧，可没有搞清楚我们的前世、今生和来世，我辜负了爷爷的重托，心有不甘啊！我扯着嗓子，拼出最后的力气，仰天长啸：

"三生石啊，你为何负我，负我……"

幽谷共鸣，群山回冒。

我身边一阵喧哗，父亲用他长长的手臂将我摇醒："孩子，你做噩梦了，快醒醒，快醒醒。"

我睁开双眼，身上出了一层冷汗。天已微明，红日初升。我的身边除了父亲，还有母亲、姐姐、哥哥，他们都在望着我，神情黯然，有的在小声哭泣。

父亲说："孩子，认命吧！我们就这命。"父亲流下浑浊的泪，和着晨露顺着他伤痕累累的身躯淌下来。

我，还能说什么呢？

不远处，有两个人正向我们走来。他们一人手里握着一把刀，走得兴高采烈。远远望去，这两个人很像康小八和蔡老六。

他俩边走边交谈，像康小八的人说："这杜仲啊，真可怜，浑身上下都是宝，每隔三五年就要被我们剥一次皮。哎，你说说，剥皮时，这树也不知痛不痛？"

像蔡老六的人深思良久，才吐出一个字：

"操。"

注：杜仲树，落叶乔木，果、叶、皮、根均为中药。特别是树皮，为珍贵的滋补药材。

我们的命运叫等待

老杜说："这两天有些情况。"

老杜一张嘴就喘。没办法，被人整的。能活下去，就是幸运。

秋风吹过，林子就黄了，枯草无奈地弯下腰，把通往江边的小径遮住大半。

耿爷就死在林子里，离老杜的落脚点不远。

老杜说："你是我恩人，耿爷又是你恩人，这仇不能不报。"

我也想报，可我手无缚鸡之力，在世人眼里，就是没用的废物，怎么报？我一脸悲哀。

老杜说："我帮你，我的家人都帮你，但我们必须等待。"

这话，他说过多遍，我只当是宽宽心。

耿爷的尸体已化成白骨，他死得冤。

三年前，耿爷从广州回来，在归善县下船时天已傍晚。那些年，县城并不平静，常有盗贼翻墙入户，偷抢财物。

倒是乡下，反显太平。看看苍茫暮色，耿爷稍显犹豫，还是向西门走去。十里外的陈家渡就是耿爷的家。

出西门时，半死不活的我被丢在角落里，随着微风发出痛苦的呻吟。负责处理垃圾的麻老瞎根本没注意到我的存在，挥舞着铁器把我往火堆里推。那一刻，我能感觉到麻老瞎孔武有力。耿爷拦住了麻老瞎，他认为我可能还有点用。于是，用两块烧饼把我救了下来。麻老瞎嘿嘿直乐，玻璃花似的双眼里露出得意的光。

耿爷带我到江边，让我扎进江水中好好洗个澡。再上岸，我已容光焕发。耿爷连连称赞"不错不错！"

就在这当口，陈老西像幽灵一样站在耿爷身边。耿爷显然吃了一惊，待看清，才稍稍稳住心神。

"老西，是你啊！今晚回去不？"

陈老西矮矮胖胖的像个石墩，他与耿爷同住一个村。

陈老西支支吾吾问了一句："耿爷，这次下广州赚了多少钱？"

耿爷拍拍身子回道："那批牛还没脱手呢！我这心急火燎回来，就是想再凑些钱，买饲料。"

耿爷不拍身上还好，这一拍，胸脯间突起个大包。

陈老西说："今年杜仲不错，我刚卖了几担，不如喝一杯再走。都是一个村子里的人，你还帮过我家不少忙呢！"

耿爷拉起我，连说不了。

陈老西看麻老瞎在向这边张望，扬声说："既然这样，一路走好，我就不送了。"说完，转身迎向麻老瞎往城里大步走去。

跟耿爷在一起，我备感温暖。他没把我当成废品，更没当成垃圾，而是很贴心地带在身边。本是将死的身躯了，忽又重生，难怪古人说，士为知己者死，女为悦己者容。

回陈家渡必须经过黑风林。仅听这名字就充满杀气。这里也是老杜他们的家。当然，那时我还不认识老杜。

耿爷扯了一根棍子走进黑风林，我贴着他的身子，能听到他心跳得厉害。当晚，刮着小风，没有月光，整个林子呜呜咽咽，犹如地狱。后来，我才知道那是杜家兄弟姐妹们发出的哭喊声。那天，老杜被人剥了皮，剥得鲜血淋漓，奄奄一息。

耿爷神经绷得紧紧的，浑身起了一层鸡皮疙瘩。快走出林子的时候，耿爷松了口气。人就是这样，一旦胜利在望，往往会放松警惕。耿爷就是在这时被一记闷棍打在头上。打耿爷的人蒙着面，漆黑一团。耿爷倒地后，那人掳了钱财，逃之夭夭。

可怜的耿爷就这样命归黄泉。他扑倒在地时，把我扔出好远。我根本没看清凶手的面目，只能望着耿爷的尸身放声大哭。待我的眼泪哭干了，趁风乍起，我借势一跃，向一棵树撞去。我想给秋爷陪葬，没想到正撞到老杜身上。

老杜说，幸亏我身子轻，否则他血淋淋的身体会被我从中撞断。老杜还说：'反正你要死了，不如用你的身子温暖一下我，如何？"

老杜说完，就晕死过去。我忍住悲伤，紧紧裹住了老杜。

现在，老杜的身体初显生机，嫩嫩的皮肉极不情愿地生长着。而我，也习惯了与他共同生活。老杜有时把我放在手中把玩，有时把我举在头顶，让我迎风舞蹈，尽情歌唱。

老杜说："你必须学会唱，学会高歌，我才有信心帮你报仇。"

我问老杜："凶手是谁？"

老杜说，不知道。但那人留下的气味却融进他的心中。他已把这气味告诉了兄弟姐妹，只要这人再经过黑风林，方圆三十里地，他们会一眼辨认出来。

对于老杜报仇的能力，我一直是半信半疑。我明白，在所谓人的眼里，我和老杜一样，都是待宰的羔羊。哪怕我们能为他们遮风挡雨，甚至治病救命，他们不乐意时，我们随时都有毙命的危险。

老杜说："相信我们的能力，万物不可欺。"

那晚，天似乎黑得特别早。风很大，没有星星和月光，有个黑影慌慌张张钻进了黑风林。老杜的兄弟姐妹们立即发出呼啸，整个林子都黑魆魆动了起来。老杜把我放到小径中的树枝上，撑撑我的胳膊，拉拉我的腿，刹那间，我有了人的模样。

老杜说："想想死去的耿爷吧，你就放声歌唱。"

我扯开喉咙，迎着风，迸发出心中的悲愤。我耳边听到了千军万马的声响、鬼哭狼嚎的声音，以及撕心裂肺的长号。

那黑影在距我不远的地方停住，颤抖着问："谁？"

我边舞边歌，如同展翅欲飞的大鹏。

黑影越发哆嗦："耿爷，你别吓我。"边说边放了一枪。

子弹打断树枝，老杜把我往前一推，借着风势，我腾空向黑影扑来，黑影吓得毛骨悚然，又连放了几枪，但都没能阻挡住我的扑压之势。

黑影怪叫一声，倒在了地上。而我也正好落在他的头上，紧紧包住了他的嘴巴、鼻子和耳朵。

待天明，陈老西进了林子，他手提尖刀，又要来给杜仲剥皮。眼前一幕让他备感惊讶：麻老瞎僵死在地上，在他旁边，有人字形塑料雨布斜斜地被风刮起。

琴瑟起

我们住的地方不大。用乐乐娘的话说，这清水塘啊，就屁大个地儿，稍微得意地喘口气，一村子人都会听得到。

所以，她常常让王大进小声点，而她自己却忍不住嗷嗷叫。王大进低下头，用舌头去堵她的嘴。

他们也太放肆了，根本不顾及我就在旁边。虽然是天黑，但我能看得到。他们就在我家前面，那棵老柳树下。我若从水里抬起头，可以看清乐乐娘或者是王大进白花花的屁股。

起风了，乱云飞渡，柳条狂舞。王大进赶紧脱下自己的衣服给乐乐娘。乐乐娘不忍穿，但拗不过，趁低头之际，在王大进胸脯上咬了一口。

这对人，也真是……我老气横秋地发表感慨。掉头准备离开，却遇到了族长。

他像鬼魅一样，站在我的身后，竟没发出一点声响。他张着嘴，双眼直视，不知道是在看我，还是在看他们。

我想悄悄溜走，没想到族长说话了："你不该这样。"

"那我应该哪样？"

既然走不脱，我就毫不客气地顶撞他。我知道在大家眼中，我很另类。我不知道我亲爹是谁，我妈到死的那一天，也没有告诉我。我走近族中任何一位雄性，他们不是恐慌地躲开，就是张开大嘴，咆哮着叫我滚。

我成了孤儿，幸好我有能力，能填饱自己的肚子。

填饱肚子后，我就四处游走。清水塘其实并不像乐乐娘说的那样，就屁大点地儿。我向东一直走，用了三天时间，才走到路的尽头。没有了路，我再换方向，向西、向南、向北。我绕着清水塘转了一圈，我发觉我的头大了，腰也粗了，身体各部位逐渐硬邦起来。

我想把清水塘踩在脚下，跳到更大的江湖去闯荡，跃到更远的世界去看看。族人从我奔走的脚印中嗅出我的狂妄。

族长说："你是我族的人，不是鲤鱼。是族人，就应该遵守族的规矩。听我的命令，去掉幻想，老老实实趴在这儿。否则，就像乐乐娘，动了念想，就会遭殃。"

这话，让我心中一凛。好不容易攒起来的底气，急泄而光。

"你肯定？"

"当然。凭我在清水塘潜伏多年的修行！"族长摇头摆尾而去。

那些天，我越发感觉孤独。族里的人，不论大小，见到我都像见到瘟神一样，远远避开。我躲在缀满柳条的树荫下，望着阳光柔和的天空发呆。我看到村里的儿童放学回来，走在最前面的就是乐乐。他也没有父亲，可依旧很快乐，身后跟着四五位"小弟"。于是，他就有了老大的"范儿"，把书包扔给他们，雄赳赳地走在前列。

到了清水塘，他们站住。乐乐说："给我尿！"于是，五六条水柱从"小鸡鸡"里喷射而出，热乎乎地淋在了我的头上。

我一动不动，族人们以为我真的傻了。其实他们不知道，我是在想乐乐娘。

再看到乐乐娘，同样是在晚上，同样是在柳树下。然而，身后跟的却不是王大进，而是村长。

这村长长得很像我的族长，尖尖的头，圆圆的眼，浑身上下黑不溜秋。

村长说："你这婆娘，从了我吧！"

乐乐娘说："不行。"

村长说："王大进难道比我有力？"

乐乐娘扬手就打，却被村长掐住虎口。乐乐娘说："你再纠缠我就喊了。"

村长说："别用喊叫吓唬我，这招我见得多了。越喊你就越黑，越喊你就越臭。不信，你试试。"

村长边说边撕开乐乐娘的衣裳。乐乐娘开始拼命地喊："救命啊，快来人啊，救命啊——"

她喊，村长也喊。村长发出的是兽声："吼，吼吼……"

乐乐娘不喊则罢，这一喊，竟把月亮喊到了云层里，把风中的柳枝喊得不敢再动弹。大地一片昏暗。我看到，只有王大进跑了出来，仅仅跑出十多米，便又蔫奄奄折回去。

此时，我彻底忘记了族长对我的劝告。我一跃而起，蹿出两米多高，再一头扎进水里。刹那间，寂静的清水塘里响起了炸雷似的声响。

村长神色骇然，凶猛的动作戛然而止。乐乐娘趁机撞开他，裹紧衣服，往村里跑去。村长紧盯着清水塘，啐出一口唾沫。

如上次一样，族长正站在我身后。不待我转身，他一脚向我踹来，嘴里发出同村长一样的吼声："你这杂种，破坏了规矩，去死吧！"

村长架起抽水机，要抽干清水塘。族人们都忙着潜伏。族长主动找上我："你不是很有雄心壮志吗，明天水干时，他们会搅浑塘底，你就跃出来，就能够看到更广阔的世界了，敢不敢？"族长黝黑的脸庞竟微微有些发红。我心里一片悲凉。

真到搅浑塘底时，必须承认，我也怕死，也想潜伏。可族人们一致对外，死死守住各个要塞。我被混浊的泥浆呛得晕头转向，一跃而起。最先发现我的是乐乐和他手下的小兄弟。他们连鞋也顾不上脱，就冲下塘底。我清楚地记得，共有五只小手牢牢抓在我身上。他们欢呼雀跃："抓住了一条黑鱼，一条好肥的黑鱼。"

村长走了过来，很公平地奖励孩子们："来吧，哪一段是谁抓的，就归谁。"然后手起刀落，将我的头、身子、尾巴剁成五份。剁得我血肉纷飞，肢体破碎。

我的头是乐乐抓住的，自然归乐乐所有。乐乐却觉得没有肉吃，呼地把我的头扔到了老柳树的树杈上。

此时，我眼前一亮，看到了高山、河流、瀑布，还有远处水天相连的江湖，也听到了潜伏在泥底告诫族人"宁可憋死，也不可乱动"的吼声。

笙箫默

我没想到，有一天自己会被王大进拿下。

他把我的头别在怀里，一双臭脚紧紧踩在我的身上。我无法动弹，更无法呼喊，除勉强喘气外，什么也做不了。

我眼睁睁地看他掏出刀子。

那是一把银白色的小刀，刀刃薄且利，在阳光下发出刺眼的光。乐乐和他娘都围在旁边，目不转睛地盯着王大进。

乐乐娘到底是女人，看到王大进拿刀向我身上招呼，吓得赶紧低下头。只有乐乐兴奋得鼻孔里都喘着粗气。

乐乐问："这一刀下去，就能把他的鸡巴割了？"

王大进说："不是鸡巴，是睾丸。"

"睾丸，睾丸是啥家伙？"

王大进说："睾丸就是蛋泡子，没了这个，就成了太监，就能带小鸡。"

"哦——"乐乐歪着头，仔仔细细地打量着正在弯腰切除我睾丸的王大进。我看到乐乐的眼睛里也发出了刺眼的光。

不得不承认，王大进手法确实利索，也就那么一两分钟的工夫，我被彻底阉割干净。

这一切都是乐乐娘的意思。乐乐娘说："日子不好过，我家的公鸡不能光'踩水'（就是与母鸡交配）不劳动。"

王大进涨红脸，应道："是。"

"根"没了，我难过得天天想死。我的嗓音也由以前的高亢变成了现在的低沉。一群小鸡整日跟在我后面，叽叽咕咕地觅食吃。而他们真正的妈妈已被乐乐娘逼得下蛋去了。女人一旦狠起来，比男人还毒。谁说的，我忘记了。

小鸡们活泼健康、无忧无虑，我不能将主人对我的恩怨发泄在他们身上，孩子都是无辜的。

有一次，我想投塘自杀，潜伏在水底的族长急忙游了过来。他说："别这样，好死不如赖活着，想想小德张，皇帝都没有了，人家不还照样活着。"

小德张是谁？

族长说："就是清王朝后期的大太监。"

"你……你怎么拿他来和我比？"我恨不得一头扎进水中，将族长撕个粉碎。

族长知道我奈何不了他，继续呛我："一个太监，一个阉鸡，都是缺卵子的货，还计较什么高低？我想让你知道的是，小德张老舅家就住在这清水塘。能笑到最后的，才是英雄。"族长说完，悠悠潜入水中。

我脑子里似乎有根弦被拨动了一下。说句老实话，由于黑鱼的死，我挺痛恨族长的。黑鱼曾是我羡慕的对象，可就这么被族长激将而死。

族长曾说过："该你死的时候，就不要推诿；反之，要学会忍辱偷生。别看清水塘的人们高高在上，其实他们比我们活得更窝囊。"

从塘边回来，小鸡们忽啦都围了上来。争先恐后问我跑到哪儿去了，他们的眼睛里充满了关切，抱怨我这个妈妈不该抛下他们独自寻欢。没有我在身边，他们显得六神无主，焦急不安。这一刻，我体会到母爱的伟大。

刚进院门，就听到一阵刺耳的摩擦声。是乐乐，他在小院的角落里磨一把刀。

对，就是刀！

乐乐手中的刀比王大进的那把要大些，是用粗铁丝打造成的，有一支铅笔那么长。一头锤扁，开了刃。另一头回了一个椭圆形的环，像母鸡肚子里的小蛋蛋。

我在看乐乐，乐乐也停下手来看我们。他磨得满头大汗，看到我们招摇而过时，竟莫名其妙地笑出声来。

那段时间，王大进往乐乐家跑得勤，劈柴、挑水、淘茅坑，脏活、累活抢着干。他来，村长也来。王大进干活，村长看。乐乐娘木讷着脸，问："你来干啥？"

村长不回乐乐娘的话，反问王大进："你说说看，这清水塘我哪儿不能去？"

王大进点头哈腰说："都能去，都能去。"

村长一屁股坐了下来，喝着水，哼着小曲，看王大进忙得汗流浃背。我的儿女们不乐意了。他们已长大，羽翼逐渐丰满，正是初生牛犊不怕虎的阶段。一小儿趁村长得意忘形时，悄悄走过去，一泡稀屎斜斜地射到他脚面上。

村长腾地跳起身来，谩骂着，并抢起扫把，四处撵着，要置小儿于死地。关键时候，还是乐乐娘开口了："村长，你总不能和畜生一般见识吧！"

一天下雨，村长没来。王大进干完杂活，天也黑了。我从湿漉漉的空气中嗅出了危险的味道，赶紧吩咐孩子们回窝睡觉。看王大进不想走，乐乐娘就去厢房里铺床。王大进正窃喜呢，猛也感觉一阵刺痛。扭头一看，是乐乐。正用他磨的那把刀扎穿了裤子，抵在自己的屁股上。

乐乐说："回去。"

王大进吞咽下快要流出来的口水，悻悻说了个字："好。"

那一晚，我就感觉要出事。族长也感觉到了，他在清水塘里反复跳跃，并用他特有的语言传话给我："要小心！"

大约是凌晨时分，我正昏昏欲睡，一条黑影悄无声息地拨开了乐乐娘的房门。也许乐乐娘的房门根本就没上闩。那黑影很娴熟地扑到了乐乐娘的床上。紧接着，就传出了少儿不宜听到的声响。

然而，不大一会儿，一声凄惨的叫声从床上响起，一个男人双手捂着裆部夺门而逃。地下，如洒水般留下鲜红的血。

请原谅，天太黑，我真的没看清是谁。族长从清水塘再次跳起，提示我，可出门看看，往哪边跑。

我刚一露头，就挨了乐乐重重一脚。乐乐说："滚！"

惊弓之鸟

我感觉到了，今晚母亲有些恐慌。

天上有星星，却落起细雨。这有点怪。雨随风走，飘飘洒洒，把周边的芦苇、香蒲、睡莲都淋得清幽透彻，亮晶晶的。远处像雾，弥漫着湿漉漉的味道。

母亲说："你大了，比你爸年轻时更强壮。"

母亲用手抚摸着我的头，椭圆的鼻孔里透露出不安的气息。我顺着母亲的目光，看到了绿洲中的那几间草寮。那里住着更的父亲，他以采药为生，身上常年包裹着淡淡的花木香。这里的百草，在度过暮年之后，更父都会有选择性地将他们收进药篓。有根，有茎，有果实。当然也有青翠的叶子和快要开败的花朵。我听花儿们说过，能进更父的药篓，是一生最好的夙愿。

更父把自己掩藏在花草中，花草则供养了更父一家人。更父也把这里的动物当成一家人，从不伤害，除非发生意外。

母亲说："你要学会报恩。"

我懂母亲的意思。我出生不久，家里突然闯进一条大狼狗，他一口咬住了父亲的脖子。我那可怜的父亲，双眼流出血泪，来不及发出一点点呼叫，就离我们而去。母亲紧紧护住我，凄厉呼喊。狼狗不慌不忙，贪婪淫邪地盯住母亲。他知道，母亲为了我，是不会单独逃跑的。

也许我们母子命不该绝，在最紧要的关头，一支利箭从狼狗的左耳钻进，右耳钻出。狼狗很想抬起头来看看怎么回事，但抬了一半，就轰然倒地。

是更和他的父亲救了我们。

母亲说："明天我要出趟远门，这个家就由你看守了。记住，不要跑远。"这里幽静，有草木相伴，有更父护佑，一切都是温暖宁静的。

母亲气息均匀，手也不再颤抖。我知道，母亲已下定决心。

但我不相信她是要出趟远门。

待母亲睡熟，我悄悄溜到了更父的窗下。屋内，油灯如豆，把更父与更的脸照得忽明忽暗。

父子俩沉默很久，才开始说话。

更父说："你怎么可以信口开河呢？"

更很小声地回答："都是……都是酒后妄语，摊上祸事。"

更父说:"你是勇士,是有名的射手。既然答应了王,就应该践行你的承诺,明天就引弓虚发,看能不能射下鸟来。"

更扑通跪了下来:"父亲,我们赶紧跑吧!不然明天就是欺君之罪,我死了不打紧,关键是他们也不会放过你。"

更父立起身,用艾条拨开灯花,屋内顿时明亮许多。我看到更父一脸凝重,眉毛要把眼眶压弯。

"跑,能跑到哪里去?对于王来说,我们都是他土地上无法移动的草木。再说了,这也不是更家子孙应有的性格。睡吧,睡吧,就像这里的杂花野草,疯长有期限,生死归自然。你虽撕裂了自己,但也不枉来过这世间。"更父吹灭油灯,不一会便酣然入梦。

就在我渐渐咂摸出点端倪的时候,一股刺鼻的香味从身后飘来。我扭回头,看到母亲托着一把旺旺的草紫花站在我身后。

我对这玩意儿特别过敏,正想开口询问,但禁不住阵阵眩晕。朦胧中,我看到母亲将我拖回了自家的小窝。

第二天醒来,母亲已不在身边。我跑到更父的草寮,同样人去屋空。我引吭长啼,展翅借力,直上云霄。

我要看看母亲飞向哪里。

此时,我大致已想明白:更酒后答应王,他可以用一张空弓射下天上的飞鸟。醉醺醺的王将信将疑。信的是，更是全国闻名的神箭手；疑的是，这……这也太神了吧！王一时兴起，与更击掌为誓。而我可怜的母亲，为了把这个誓言圆满，义无反顾地飞将过来。

飞到一定的高度，我看到绿洲之上，草木摇曳，百花竞艳。湖水里鱼虾浅游，悠然自得。这是我的家啊，寂然之中，透着惮意，宁静祥和。难怪母亲不让我跑远。

我也看到了我的母亲，她正在向一个平台飞去。平台上站着更和他的王，台下密密麻麻地站满了人，他们仰脸望天，翘首以待。只有一个人扎着头巾，穿着短葛衫，背驮药篓，低着头。

在人们高亢的呼喊声中，更在平台上拉开了弓。此时，我的母亲已飞到了他们的头顶。此时的王也紧张得呼吸不均。

我能感受到更额头上渗出细小的汗珠，更能感受他强压突突乱蹦的神经。更闭上眼，不知这拉满空弓的手何时该放开。

母亲再次放低身段，她高叫几声，一声比一声凄惨。只有我明白，她的叫声里在滴着血。犹如我父亲双眼流出的血泪。

也许更太累了，也许是太紧张。在母亲最后一声高叫中，更松开了手，弓弦震耳欲聋。

母亲垂直地掉了下来。

人群炸窝般惊呼。他们不敢相信，今生能见到这样神奇的事情。我母亲正好掉在更父的药篓中。我看到更父慢慢取下药篓，把母亲抱在了怀中。

良久良久，更父和母亲一起倒在了地上。

我们与恶的距离

二师兄说："每逢夏天，地狱就会离太阳更近一点。所以，我们最好去树荫下讨论。"

大师兄拍着水花反驳："第二句，赞同，第一句，错。那是电视上说的，吃绿豆能治癌，狗血能辟邪，电视上说什么，人们就信什么，尽是一群蠢货。"

我跟在后面哧哧笑。他俩一起回过头，同声说："笑什么笑，二院出来的。"

二院是这个地方的精神病院。

说句老实话，我的两位师兄都很有能耐，我喜欢看他俩把能耐浪费在打嘴仗上。今天我们要讨论的话题是，人为什么要活着。

其实就我来讲，这话题太简单了，人为什么要活着，就是因为不想死呗！可我不敢说，我一说，他俩绝对会回过身来，两把把我掐死。我也想活着。

可是我们的命运常常不掌握在自己手中。还没到树荫下呢，一团阴影突然横空出世，挡住了阳光，天空顿时一黑。我仰头感慨："真爽！"

等阴影完全落下来，我发觉彻底不爽了。那是一张网。而两位师兄早已不见踪影。

我被提溜到岸上，小男孩兴奋得直拍手，说话同样有力："鲤鱼，鲤鱼，红尾鲤鱼。"边说边抓我，我奋力挣扎，他的双手越扣越紧，勒得我肋骨叽叽直响，几乎断裂。我张着嘴朝他怒吼："你这该死的小屁孩，快把我放进水桶里，不知道鱼儿离不开水啊！"

可我吼了半天，他也没有反应。大师兄说得不错，人啊，尽是一群蠢货，你们说的话，我们都能听得懂，可我们说的话，你们怎么就听不懂呢？

他爹说："别搞死了，搞死了晚上就不好吃了，放桶里吧！再撒几网，我们就收工，今晚炖了它，喝酒。"

虽然还是要死，但能多活一会儿是一会儿。我沉入水桶中，浑身伤痛稍稍减轻，神志也开始慢慢清醒。我在替两位师兄担心，千万别步我的后尘，也千万别再讨论人为什么活着，他们活着，我们就倒霉。

正在祷告，小男孩突然问："阿爹，你说这鱼是公的，还是母的？"他爹也是个二货，张口就答："你看它有没有小鸡鸡，有，就是公的；没有，就是母的。"

我怕被小男孩掐死，赶紧吐出口中的水泡，连忙说："公的，公的，和你们一样呢！"

可小男孩哪管这些，一只手扣住我的腮帮，另一只手就在我身上乱摸。从上到下，从头到尾，像当年日本鬼子搜鸡毛信一样，旮旮旯旯翻了个遍，也没翻出要找的小鸡鸡。小男孩说："阿爹，不对啊，所有的鱼都没小鸡鸡，难道都是母的？"

他爹停住撒网，一拨浪脑袋说："是啊，鱼这玩意儿确实不好认。但只要剖开肚子，有鱼蛋的肯定就是母的。"

听他爹这么一说，小男孩就来挤压我的肚子。想把鱼蛋挤出来。我是公的，哪有什么蛋蛋。再说了，即使我是母的，现在也不是产蛋蛋的季节，把我挤扁了，也挤不出来啊！

正当我肝肠寸断时，响起一声"阿弥陀佛"。有个男人走了过来，小男孩他爹也停止了撒网。

小男孩问："你是和尚吗，怎么不剃光头呢？"

来人说："我是居士。"

小男孩说："居士是啥？"

他爹赶紧回答："居士就是假和尚。"

来人呵呵地笑了。小男孩也笑了。三个人都笑了。

居士说："我想买你们的鱼。"

小男孩说："你买鱼干啥？"

居士说："放生。"

小男孩他爹说："不卖，晚上还要炖了下酒呢！"

居士说："我可以多给你一些钱。"

"多给，给多少？"

"你要多少？"

小男孩忍不住插了一句："给一百。"

居士说："好。"

他爹啪一巴掌打在小男孩脑袋上："臭小子，我的事你也当家。想要的话，给二百。"

居士依旧笑眯眯的："二百就二百，成交。"

就这样，我和水桶一起归属了假和尚。

待那父子二人走后，居士拎起我来到江边，掏出手机拨了一个号："宝贝，你别生气了，你是我的榜样，我现在就向你学习，慈悲为怀，普度众生。我救了一条红鲤鱼，你来吧，我们一起放生。"

对方说："你别耍花招了，就你那歪心思，我还能不知道。"

居士急了："我视频给你看，我可是花了二百大洋呢！"

对方说："那你就赶紧放啊！"

居士说："你不来，我放给谁看。我还要向你求教放生的程序呢！"

对方不再回话，一阵忙音。

居士恼羞成怒，破口大骂："你个臭婊子，敢耍脸色给老子看。"他一把抓起我，想把我摔死在地上。就在此时，水面上突然泼剌剌跃起两团红光，相互交错着划出两道优美的彩虹，再投入水中。那红光、那彩虹带着湿漉漉的水气，散发出梦幻般的色彩。

居士目瞪口呆，他不明白怎么会出现这种怪异的现象。手一松，我落到了江水边。大师兄、二师兄在水底焦急地呐喊："三师弟，快跑啊，我们等你回来——"

教父

胡老三的儿子被人一枪打死了。

族人们都聚集在我门前，吆喝着要报仇。哭得最惨的是胡老三两口子，嗓子都嘶哑了，眼泪也流干了。就这，还在拼命地号。我知道，他们就是要用这种悲情凄惨的力量让我立即发号施令。这种心情我能理解，小胡是个不错的孩子，聪明勇敢，是族人的骄傲。我曾见到他在一天之内捕获过四只山鸡，比我年轻时仅少一只。没想到英年早逝，这事放在谁身上都无法忍受。

族人中叫得最响的是我的外甥大猛。他鼓动一帮年轻人，摩拳擦掌，高喊着"报仇、报仇"。当我的目光与大猛相撞时，大猛嘴角露出轻蔑的笑。我明白，他在心里憎恨着我。去年，大猛和一帮小兄弟在林子里狩猎时，同样遭到一帮人的攻击，他们不仅截获了大猛们已到手的野兔和青花蛇，而且猛烈地开火。为掩护兄弟们撤退，大猛的屁股中了一枪，差点儿丢了性命。那时，他就要求我行使教父的权力，带领族人打个伏击，让敌人血债血偿。我闭着眼睛，如老僧入定般，不置可否。大猛走时，没叫我舅舅，而是喊了声"懦夫"。

胡老三说："教父，你应该听说过'人不犯我，我不犯人；人若犯我，我必犯人'的名言吧？我们和这些家伙无冤无仇，井水不犯河水，可他们仗着手中有枪，想杀谁就杀谁。这些年来，不仅我们族人有死有伤，就连其他族的也跟着遭殃，我们可是有能力复仇啊！"

面对德高望重的胡老三，我不能像对待大猛那样一言不发。我对众人说："你们都先散去，注意隐蔽。胡老三留下，我有话要说。"

待众人散尽："我说，你是知道的，祖上将玉杖传到我手上时，曾再三交代，不可随意发动战争。"

胡老三反问："假设你的族人都被打死了，你握着玉杖有什么用？你不能保护族人，你当这个教父有什么意义？"

"战争可不是游戏，那是你死我活的争斗。再说了，一旦打起来，就不是我们能控制得住的。"我忧心忡忡。

胡老三说："你若组织大家使用本族的绝技，我们一定有胜利的把握。"

胡老三的想法和大猛去年找我时的想法一模一样。是的，本族有对付敌人的利器，但那将会把很多生灵带入死亡之地，这是我不希望看到，也最不愿意看到的。

胡老三说："要不，今晚你去后山祭祀下祖先，请祖先们明断如何？"

我没想到胡老三会提出这样的要求。看来，他是铁了心做最后一搏。

我说："我需要火。"

后山有先祖们的灵位，遇到连教父也无法决断的事情，就会以祭祀的名义，请先祖神灵给予指点。当然，今晚是我一个人来的。

胡老三居然摆了一圈的火。我数了数，是十个燃烧的烟头。这速度让我心惊。

我将玉杖放在祖先的灵位下，跪下给列祖列宗叩头。我相信，祖先们肯定已知道族里发生的事情。我念念有词，祈祷祖先明示，若发动战争，就灭一个烟头；反之，一个不灭。做完仪式，我站起身，细看那一圈火，在袅袅升起的细烟中，竟然一个都没灭。

我老泪纵横，谢天谢地谢祖先，这个教父我没有白干。我再次跪下，叩谢先人。

就在此时，一条黑影急速飞进来，趁我还没立起身，抓起玉杖就跑。玉杖就是本族权力的象征，谁拥有它，族人就听谁的。

我脚尖点地，腾身而起，奋力向黑影追去。黑影向半山腰的林子跑去，我哪能让他逃脱，能当上教父的，无论是人品，还是能力，都是一流的。

眼看就要追上黑影，没想到黑影一个急刹车，并顺势往下一蹲。我从黑影头上一掠而过，并一头撞进前面的网子里。我上当了，黑影早就摸清了地形。

黑影回过头来，是大猛。他满脸讥笑地望着我。

我的头和手脚被网子紧紧缠住，我费尽力气吐出几句话："大猛，看在我从小把你养大的分儿上，不要发动战争。"

"你这个懦夫，钻进网子里还不知道悔改。我就要发动战争，不论死多少条生命，就是要给他们一个教训，教训你懂吗？"

大猛吹响了族人的集结号。

于是，在这个天干物燥的晚上，我在网子里看到族人们在大猛的带领下，将十个燃烧着的烟头丢在了枯草上。枯草随风而燃，先由点点的星火连成一小片，再由一小片连成一大片，向着林子烧去。林子内有几辆车，还有几顶帐篷，那些握枪的人们自以为盛世太平，没有什么搞不定的。他们为今天丰富的收获，早已喝得酩酊大醉。

火光逼近时，只有一个大胡子因为尿急，极不情愿爬出帐篷。在漫天漫地的火光中，他看到了几只硕大的黑鸢正不停地叼着燃烧的小棍，在四处纵火。他不敢相信这是真的，待火苗快要舔着他的大胡子，他才惊恐万分地高喊："火鹰，火鹰来啦，快跑啊，快跑——"

可同伴们太过于狂欢了，哪里喊得醒，哪里跑得了。

大胡子去发动汽车，我清晰地看到在大猛和胡老三的带领下，族人们以集团军作战的形式，纷纷将嘴里叼着的火苗，像流星雨一样投掷到汽车上。

后记：2019 年 9 月，澳洲山区发生火灾，到年底仍未扑灭。这次山火，被烧毁的森林面积约 1120 万公顷，12.5 亿只野生动物死于此次的山火中。据悉，这次纵火犯就是几种鸟类的"合谋"。

——这事，不管别人信不信，反正我信了。

神　道

那些年，为了谋生，我曾在渑池的大寺沟住过一段时间。

这地方北依韶山，沟深林密，丘壑纵横，有点野气。

大寺沟住有十来户人家，主种小麦、高粱，副业养羊。就这十来户人家还分成三派。村东头几户姓黄，养的是黑山羊；村西头几户姓牛，养的是成都麻羊；中间有两户，是兄弟俩，姓白，只种地，什么都不养。

为啥分成三派呢？

据说在 20 世纪 80 年代，有一部电影很火，人们常常是看过一遍又一遍，还要撵着看。这电影就是《少林寺》。撵着撵着，牛家的后生把黄家的闺女撵到了麦地里。两人正忙活着，不想被看电影的人发现了。那黄家闺女羞怒之下，一口咬定是牛家后生强奸她。黄家小子们一听，抄起木棍，学着少林和尚的打狗棍法，一阵乱棒将牛家后生打死。

这仇就此结下。

两姓人同住一个村里，同吃一口井水，你不理我，我不理你。互相防范，暗中较劲。

那羊就是较劲的结果。黄姓的黑山羊体型高大，毛色纯黑，可圈可放，一年两胎，生长很快；牛姓的麻羊毛色棕红，四肢粗壮，体躯较长。这两种羊即使混在一起，也可一眼认出。

但这两种羊也真是怪了，它们好像也知道两家主人有仇，无论是吃草、饮水，还是撒欢儿、交配，从不越界。

这界就是位于村中间白氏兄弟的几间房屋。像隐形的长剑，将东、西两头拦腰斩断。白氏兄弟是外迁户，从不掺和村里事务，独自干自己的活，吃自己的饭。对牛黄两姓不偏不倚，自成一派。

我到大寺沟居住的那年春天，正逢白老大死去婆娘。是难产。婴儿想出来，可伸出的却是脚。那年头，医疗条件有限，白老大眼睁睁地看着老婆和肚子里的婴儿在自己面前痛苦死去。

白老大发疯了，没日没夜地哭，哭得密林深沟里的狼都跟着一起仰天哀嚎。黄家来了，送来一只黑山羊；牛家也来了，送来一只麻羊。白老大擦擦眼泪，将两只羊养了半个多月后，很坚决地又送回了各家。

从此，白老大不再说话，只是闷头干活，把一身的力气全撒在了庄稼地里。

那年秋天，大寺沟的狼特别多，时不时会叼走几头羊。一天晚上，狼竟然成群结队窜进村子，从东、西两头向羊圈里的羊发起攻击。刹那间，村子里的呐喊声、狼嗥声、鸡飞狗跳声、羊咩声，响成一片，黄姓、牛姓和白氏兄弟都操起家伙，携手作战，共同打狼。

一场恶斗下来，死了几头狼，但黄姓有只刚下了崽的母羊被叼走，失去妈妈的小羊羔咩咩叫个不停。没有了母亲的乳汁，它只有活活饿死。检查牛姓的羊，有只快分娩的母羊被吓得趴在地上，再也站不起来。

牛姓老人摸摸羊肚子，凭经验，知道里面的小羊已夭折。要赶紧把死在肚子里的小羊取出来，否则母羊也有生命危险。道理都懂，可这活没人干过。

大伙儿正焦急呢，白老大来了。

白老大一进羊圈，那羊就挣扎着向他频频点头，并发出痛苦的叫声。白老大一看，这羊正是他养过半个多月的羊。白老大的眼泪立马就涌出来。他让牛姓人找来一小块肥皂，将右手认认真真洗过，再涂上满满的皂泡，然后很小心地顺着母羊的阴户伸了进去。

白老大手细长，在肥皂的润滑下，很顺利地抓到了已死在羊肚子里的小羊。那头母羊深知白老大来救它，很配合地收缩着小腹，一吸一呼间，小羊被白老大顺利取了出来。

这一过程看得牛姓人、黄姓人都目瞪口呆。

白老大想了想，交代黄姓人赶紧去把那只失去母亲的小羊羔抱过来。白老大此举是想把黑山羊的后代交给麻羊妈妈来照管。

可这能行吗？

任何养羊的人都明白，母羊从不会舔舐非亲生的羊羔，更不消说给它喂奶了。大家都用怀疑的目光盯着白老大。

等黄姓人把小羊羔抱过来后，白老大小心翼翼地将它塞在了母羊的身下。母亲咩咩叫了几声，先看看自家的主人，再看看黄姓人家，最后把目光落在了白老大身上。

白老大一声不吭，只使劲地点点头。

那母羊便在白老大的点头之中，伸出了鲜红的舌头，一口口舔舐起这非亲生的羔羊……

刀 客

油灯如豆。

我努力想看清客人的脸，奈何灯光太暗。

客人从宽大的衣袖里掏出一瓶酒。见到了酒，我两眼放光。这世上没有比酒再好的东西了，包括女人。所以，我整天都晕晕乎乎过日子。

"要喝酒容易，"客人说，"但你得有故事。"

"故事？我浑身上下都是传奇。"我把胸脯拍得咚咚响。

"那好。"客人坐下来，又从衣袖里掏出两个小酒碗。这酒碗是土窑烧制的，口大底小，像撇嘴的婆娘，丑，但朴实，能装二两。

客人倒上酒，满室飘香。

我说："我到湖镇是为了找一个人，要在刀上见高低。"我以为这样说，肯定能吸引客人惊异的目光。但我错了。客人把酒碗放在嘴边，使劲嗅着香气。贪婪，陶醉。我想，难道这家伙要用鼻子喝不成？

我吭一声，继续说："当然，那是三十多年前，我年轻气盛。我到湖镇是找肖一刀比试磨刀的。磨刀，你懂吗？"

客人用鼻子嗯了一声，很不屑的样子。要是在三十年前，我肯定会挥起手中的刀。可现在……看在酒的分儿上，就忍忍吧！

那年代，家家户户都要用刀。什么镰刀、菜刀、铡刀、铲刀、削刀、弯刀、砍刀、挖刀、刮刀、牛刀、砍刀、杀猪刀等。用刀的人很多，可大都不会磨，这就好比现在，人人都用电脑，但不会维修。

我瞟了客人一眼，客人依旧嗅着他碗里的酒。

我听说肖一刀是磨刀高人，他磨的刀经久耐使，常用常新。并且还有一手"吹毛立断"的绝技。我认为这是吹牛，我家世代磨刀，从没磨出吹毛立断的刃口来。故此，我跋山涉水赶到这里，想与他一较高低。

哪知来了之后，肖一刀却离开了湖镇，据说到沿海磨刀去了。那个时候，想找一个人，如同大海捞针，不像现在，打三个电话，可找到世界上任何一个人。当时湖镇只有邮电局有部电话，还是摇把的。摇把的，你懂不懂？

我再次瞟客人一眼，客人钉在那儿，没啥表情。这让我有些恼火。我一口干完碗里的酒说，我认为肖一刀是在有意逃避，他知道无法战胜我家传绝技，只好溜之大吉。

但我却在湖镇住下来，等肖一刀回来。这是他的老巢，我就不信他不回来。

"那你怎么开起客栈来了。"客人终于开口了，声音啵啵响，如同刀子在水中搅动。

"唉，提起这事，就伤心。"我说，"到湖镇来后没几年，磨刀的人越来越少。比如说镰刀渐渐被收割机所代替，铲刀、削刀、挖刀被勾机所代替，砍刀只能望山兴叹，铡刀根本没有稻草来喂。就连家家户户用的菜刀也变成不用磨产品，一次性消费。好在我脑子转得快，在这里开了家客栈，生意倒很好，于是我便在此落了户。"

"现在你还磨刀吗？"客人抬起头，目光直视我。我感觉到一股灼热，还是看不清他的脸。

"不磨了。"

"若给你一把刀，你会磨吗？"客人把"会"字咬得很重。

"会。"

"若肖一刀回来，找你比试，你敢吗？"

"找我比试？笑话，我都不磨了，他还会磨刀？老实讲，我现在忽然明白肖一刀当年为什么要逃避。因为他已看穿了这个行业的死穴。只有逃，才能留下美名，并及时转行。"

我为我的分析暗自叫好，我好多年没有这样自我欣赏了。

"你简直是一派胡言！"客人恼怒了，咚地放下酒碗，"你这不肖的子孙，你把世代家传绝技荒废了，可肖一刀没有；没有别人的刀来磨，肖一刀却天天在磨自己的刀，自己的刀，你知道吗？"

客人越说越生气，蓦地伸出手来，以手化刀，朝我的脑袋劈来，边劈边说："这就是他的刀，他的刀！"

我亲眼看见，我的脑袋一分为二。

客人并未就此住手，而是抬起腿来，脚踏凳子，以膝当石，双手抱住我的左半边脑袋，在膝盖上像磨刀一样快速磨动起来。边磨边说："刀有两面，一面要磨，一面要打。只有打磨出来的刀，才锋利，才经久不衰。"

磨完左半边，于始以手为锤，敲打右半边。说："人也一样，家传的绝技不能丢，丢了就等于背叛。日子越过越好，更要留下古老的技艺，让后辈儿孙在惊叹中，认识我们的祖宗。"

说完，他把打磨过的左脑与右脑猛地合在了一起。我一阵剧痛，从迷糊中清醒过来。

我不明白我干吗放着好好的电灯不用，而要点燃蜡烛。我拉开电灯，明显看到桌上真的有两个小酒碗。

"真怪了。"我揉着太阳穴，自言自语。就在这时，我听到门外有人高喊：

"肖一刀，快开门，有人要住店了。"

"谁？"我万分惊愕。

月下美人泪

惠州城有两大养花高手，一个叫黄金，一个叫季献民。

称得上高手的，总得有点绝活。

先说黄金。

从黄金记事起，他家就是花匠。别人养花大都为了观赏，而黄金家是为了生活。他家以种花卖花过日子，开门七件事，柴米油盐酱醋茶全靠花。所以黄金从小就跟着家人干养花的活。八岁，黄金去上小学。刚好学校的校园在翻整，墙角要种一排花。有员工过来问："种什么花？校长沉吟一会儿说，种白鹤仙吧，陆游不是说过'芳兰移取偏中村，余地何妨种玉簪'吗？"

校长对古诗词有研究，这玉簪就是白鹤仙。

黄金一听，就说："不行不行。这玉簪不能种墙根，炕都会炕死。"少儿雌黄，校长哪放在心上。果然种上不多久，这玉簪全都晒死了。

校长对黄金刮目相看。黄金读到初二，辍学了。他成绩不好，整天就想着如何侍弄花草。校长说："你回去也好，花草有本心，说不定能让你黄金万两。"

校长也真说对了。十多年后，黄金成了惠州城花卉行业的大佬。他不种一般的花，只种奇花异草。比如兰花走俏时，惠州城里的花匠都去养。春兰、蕙兰、建兰、寒兰、墨兰，你方唱罢我登场。朝京门的王胡子竟养出了猴脸小龙兰。一茎一花一雷公，粉面蒜鼻红头发。嘿，奇了。轮到黄金出手，养的是蝴蝶兰。品种虽一般，可花蕊里包含着一只展翅欲飞的白鸽！栩栩如生，绝了。

再比如，养昙花，也叫月下美人。

黄金能让昙花在白天开放。这个，稍有养花经验的人都会。将昙花用黑布蒙起来，不让其见光。到了晚上，则用射灯对着照，照得昙花"阴阳颠倒"。一个星期后，昙花彻底蒙了，不得不顺从人意，在白天开放。

虽然都会，然而都没黄金昙花开得艳，开得大，开得多。黄金的诀窍在哪里？据王胡子说，黄金爱搞嫁接，不是一类的花，也硬要把它们"嫁上"。

黄金的昙花供不应求。为防假冒，他在每盆花上都系个标牌：黄金之花。有次王胡子在黄金家喝了点酒，对他说："你养花虽好，可比不过季献民。"黄金心里咯噔一声。

季献民是教书匠，退休后回到家里开始养花。他只养四种花：梅花、兰花、昙花、菊花。可能因为竹子不方便"院养"，就换成了昙花。他养的花不卖，只送人。

送人也看对象。王胡子同季献民认识多年，也只得到过一盆。

季献民养的花好在哪里呢？黄金想去看看。

季献民家住在东江边，门前有棵木棉树，老干横枝，雄姿英发。据说每到春天，木棉花开，这树冠就成了燃烧的火焰山。

有同行来访，季献民忙迎出屋外。黄金开口便说："听说你的花种得很好，特来向你请教。"按照黄金的想法，若季献民不愿意，稍稍皱下眉头，他寒暄两句便走。毕竟有技艺的都怕外露。

没想到季献民非常高兴，连说："岂敢岂敢，今日你来得正好，晚上我有昙花盛开，正好一起品赏。"

季献民的花种在后院，有三四个屋地大小，木架上按品种分类，养的全是花。有幼苗，有成品，有的正热热烈烈地开放，花香扑鼻。黄金仔细嗅了嗅，这花香与他那里香得不一样。这里的花香得纯粹，甘甜。真是奇怪了。

再看昙花，黄金更为惊讶。有很多盆都是他家的，"黄金之花"标牌还在呢！季献民说，这都是别人丢掉的，我捡回来重新修整。昙花花期短，可它命长。救人一命，胜造七级浮屠，救花一命，它知感恩。

这高论，黄金第一次听说。晚上，季献民刷牙漱口，洗面洗手，清理好自身，才进入后院。后院里没有灯，星月辉映，影影绰绰。黄金莫名地感到一阵心虚。

"就这样赏花？"

"对。不过，你坐着，我还要做点事，来，看着这盆昙花，今晚她将为我们绽放。"季献民边说边拿出一管笛子来。黄金发现今晚要观赏的正是从前他的昙花。

笛声响起，婉转悠扬，伴随习习凉风，如清水般掠过黄金心田。黄金不懂旋律，更不懂诗文，但此刻，这如怨如慕的笛声让他觉得身心变空，身体在变轻盈，有一种想飘起来的感觉。

醉了，还是晕了？黄金想不明白。他只想随着这笛声向上走，向上飘，最好能飘到云端，再也不回来。然而，笛声戛然而止。

昙花开了。

在月光的映照下，悄悄然，昙花的花蕾慢慢翘起。随着笛声的缠绵，昙花如同少女一般，很害羞地将淡紫色的外色慢慢打开。一层层，一片片，有序地展现洁白芳香的玉体。当花心褪到最后一层时，忽地，满院飘香，如雪般的大花朵就这样猝不及防地绽放了。最让人惊奇的是，每朵花上都凝聚着一滴晶莹的泪，在月光下闪着温润的光，并当着黄金的面滴落。有的落到了黄金的膝盖上，沁人心脾的凉！

黄金彻底呆了。好久，他才醒悟过来。

月偏西，黄金告辞季献民回家。转身，他发现季献民家门口贴了副很显眼的对联：

相看何须尽解语，

爱花最是惜花人。

"这联，进去时怎么没看到呢？"黄金自言自语。

我是一条枪

此刻，我那坚硬的枪口正指向一个人的胸膛。

"投降，投降，快投降。"我的主人胖胖扯着嗓子尖叫。让对面的老人举起手来。老人只有一只手臂，正坐在榕树下的石凳上抽烟。他的脚边卧着一只小黄狗，身体是灰不啦叽的毛色，有点脏，有点土。

听胖胖尖叫，老人的眉毛急剧抖了两下，一脸严肃地说："别闹，到一边玩去。"

"不，就不，我就要你投降。你看，人家爷爷都在投降。"胖胖不乐意了，他不明白今天为何爷爷拂了他的意。

老人向公园里望了一下，也是奇怪。今天好多小朋友都在拿着枪，玩抓俘虏的游戏。一些爷爷举着双手，缩着头，弓着腰，任由孙子们用枪指着糟蹋。

"不行。他们是他们，爷爷是爷爷。你玩什么都可以，但是让爷爷举起手来是不行的。"

"我就要，就要，你不投降，我打死你。"胖胖边说边扣动我，我的胸膛里发出嗒嗒嗒的子弹声响。

"滚。再闹，我打你屁股。"老人的脸色刹那间变得通红。小黄狗见老人发了火，冲着胖胖和我汪汪地叫。它也在让我们滚。这畜生，倒挺忠诚的。

这一吵一闹一叫，引来了周边的老人和小朋友。小朋友们手里大都握着我的兄弟姐妹，有长的、短的、发声的、喷水的。他们一同叫嚣着让老人举起手来。有同伴助威，胖胖越发来劲："快投降，快投降，不然，我打死你。"

胖胖举着我往老人脸上戳。

啪，老人打了胖胖屁股一巴掌。这下可不得了，胖胖扯着嗓子大哭起来。

老人们看不惯了："不就是举个手，投个降嘛，值得这样较真吗？"

有几个老人搞不懂这个看门的"一把手"，平时不声不响，今天怎么变得这么倔强。我也搞不明白，这只不过是个游戏嘛！从周边几个老人的嘀咕声中，我隐约得知，老人性格孤僻，儿子媳妇都不待见他，他独自住在门卫室里。

我的主人常常会骂他糟老头子。他皱着眉，苦瓜着脸，吃药一般难受。

胖胖的哭声把爸爸妈妈也招来了。他们在菜市口杀猪卖肉，刚收档回来。

看见父母，胖胖哭得更凶了。夫妻俩快五十岁才生下这个儿子。胖胖一哭，比拽着两人心肝还要痛。

媳妇当即骂起来："你这老鬼，不就是投降嘛，能死人啊？"

老人眼巴巴望着儿子。儿子怒目相向，铁青着脸，一声不吭。

媳妇继续骂："断胳膊又不死，在孙子面前装啥英雄？就是举起手来也没个投降的样……"

媳妇还在谩骂挖苦呢，老人突然发出怒吼："你给我滚！"

老人一发火，小黄狗就跟着狂吠，汪汪汪。意思是，你们快滚，快滚，别让老人家不高兴。

小黄狗一叫，吓住了媳妇，惹恼了儿子。他一下子找到了撒火泄气的地方。儿子转身找来一把杀猪用的搭钩，猛然出手，钩住了小黄狗的下颌。小黄狗一声惨叫，奋力往后挣扎，儿子用力向前拽，鲜血立马顺着搭钩往下流。

"你这畜生，还让你叫。老子今天宰了你。"儿子把怨恨的力量聚集在搭钩上，小黄狗再也叫不出声来，它用四肢死死地抓住地面，以免被儿子拖起来。可地面太光滑，白色的水泥地上留下道道爪痕。

老人说："你这畜生，住手吧，住手！"老人伸出独臂抓住搭钩，想解救下小黄狗。可他哪是儿子对手。

儿子嘿嘿狞笑着，拖着他和小黄狗满地打转。小黄狗血流满地。围观的人群哈哈地笑，觉得这一家子人特有趣。

老人只好松开搭钩，双眼一闭说："今天都是我的错，你放了小黄狗吧，我……我投降，还不行吗？"说完缓缓地举起了那残存的"一把手"。

夕阳西下，只有从我这个角度才能看清老人双眼含满了泪。

三十多年前，懂行的人称我为56式半自动步枪。

此刻，我那冰冷坚硬的枪口正指向一个人的胸膛。

"诺布松空叶！"主人厉声喝道。怕对方不明白，主人又喊："投降！"

对面是一张鲜血和着灰尘糊就的脸，年轻，但狰狞，双眼燃烧着熊熊的火。就在刚才，我的主人这边包围了他们三个人。让他们投降，他们竟然还反抗。嗒嗒嗒，我的同伴们口中喷出火舌，立马射倒两个人。

他没有倒下。是因为他斜倚在掩体上，一只手臂被炸断，紧紧捆住的包扎带已凝结成血柱。他只要把剩下的那只手臂举起来，主人就有可能饶他不死。

可他不，竟然摸起一块石头，咬紧牙关向我主人砸来。这是找死的节奏啊！

枪响了。倒下的不是他，而是我的主人。

　　在最为关键的时候，他的援军到了。一场厮杀，主人这一方全部毙命。我看到他用剩下的一只手臂托着死去战友的头颅，放声大哭。哭得天空为之暗淡，正午仿佛进入黄昏。

　　在轰隆隆的枪炮声中，我和他都回到了自己的故乡。

幸运的来福鸡

"骗你天打雷劈"最开始我只是随口说说而已，没想到他当了真。

我是杀鸡的。每天早上，有各种各样的鸡送到我档口。比如三黄鸡、青脚鸡、小香鸡、乌骨鸡、葵花鸡等。也许是在外面散漫惯了，这些不知死活的鸡被关进笼子还那么嚣张，咯咯乱叫。还有些骚公鸡，竟在混乱中耍流氓，强行骑到母鸡身上"打水"。

好，好，不扯远了。

有人来买鸡，我会抓住鸡的翅膀，从笼子里拎出来，然后手起刀落，划断鸡脖子。鸡拼命扑腾，奋力挣扎着，想把断裂的脖颈接上去。可回天乏术，只好干瞪着眼痛苦死去。有了第一只鸡的下场，其他鸡都吓呆了，有的甚至几天不吃食，只拉稀。原来杀鸡给鸡看，威慑力也挺好。

又扯远了。你莫怪。一说到鸡，我就特别来劲。

大约是三个月前，我发现了那个老头儿。他表情僵硬，目光有些呆滞。对，就像吓傻的鸡一样。他在我的档口站了很久，才指着笼子问："那是什么鸡？"顺着他指的方向，我看到一只紫冠红衣黑尾巴的大公鸡。说实话，其实那就是一只土鸡。但这天那土鸡不知发什么神经，虽说死期不远，却像吃了伟哥似的，精神亢奋，双目放光。我随口说是来福鸡。因为头天晚上，我刚借了一把来复枪，准备去高榜山打鸟。既然有来复枪，怎么就不许有来福鸡呢？

没想到老头儿听我这样一说，突然提高嗓门儿追问："什么，它叫什么？"

"来福鸡。"我很不情愿地回了一句。我心想，这老头儿真怪，叫来福鸡和叫花鸡有什么区别吗？我的鸡，我想叫啥就叫啥。老头儿看我不高兴："就说这只鸡你不要卖给别人了，给我吧！"听老头儿这样一说，我眉开眼笑。

"你别见怪啊，生意人嘛，只要有钱赚，都这样。"

我伸手去抓鸡，没想到那鸡猛地啄了我一口。杀鸡这么多年，第一次被鸡啄。我恨不得在笼子里就把鸡头拧断。老头儿忙说："别，别，这鸡不是杀来吃的，要买回去养。"

我把鸡绑好递给老头儿，老头儿左看右看，还把鸡毛仔细捋了捋。那样子像搞同性恋似的。说也蹊跷，鸡到他手中，就像小媳妇样温顺，不骄不躁，安静被他抱着。老头儿临走时问我："你这来福鸡在哪里进的？"我当然不能说实话，只告诉他不是每天都有。想要的话，就过来看看。老头儿叹息一声，走了。

你说这老头儿是不是有病？哦，好，我继续往下讲。

过了三四天，老头儿又来了。一见面，就急切地问："你这儿还有来福鸡吗？"我随口说有啊，那边一笼子都是。老头儿一看，有三四十只，脸色有点发白，颤着声音问我："你不是骗人吧？""怎么可能呢，我天天在这儿卖鸡，怎么敢骗人？"我拍着胸脯保证。

你别笑，其实我确实没骗他。那笼鸡同上次一样，都是本地鸡。这不算骗，对吧？

老头儿仔细看看笼里的鸡说："好，我全买了。"这下，轮到我愣住了。"什么？全买啊！"我生怕我听错了。老头儿说："是的，我全买。"好家伙，老头儿居然不还价，过完秤，就掏钱，很爽快。当时，我就感觉到这老头儿不是疯子就是傻子，绝不是养鸡的人。从那以后，老头儿隔三岔五都要到我这里买来福鸡。当然，我不能每次都卖他一笼子。有时三四只，有时十来只。每次，他买了就走，话也不愿和我多说。

哦，你让我说最后一次见面。好的，好的。

最后一次见面大概是半个月前。这次，我卖给他四只来福鸡。我这人还是讲良心的，每次少卖点，为的就是能长期拉住他。这次呢，刚好我有空，就想看看这老头儿买这么多鸡干吗，于是悄悄跟踪他。你千万别怀疑我要干什么坏事，我只是好奇。跟着跟着，就来到了郊外。对，这儿离郊外不远，老头儿都是走路，并且走得不慢，看来，他经常锻炼身体。结果呢？我大吃了一惊，他把买来的鸡全部放了。一边放，一边祷告："鸡啊，你们快跑吧，跑得越远越好，越远越平安。"他说这话时，样子有些痴傻。说完，双手合十，举到额前，闭着眼睛继续叨咕。他做这些动作很虔诚，连我在附近都没感觉到。

喂，你说这老头儿是不是神经病？

啥，老头儿死了，电视上报道的贪官就是他？我发誓，他的死绝对不是我干的，我只会杀鸡，不会杀人。嗯，吓死我了，知道不是我干的就好。可与我有关系，这怎么可能呢？哦，他老梦见自己和同伙变成了鸡，被关在笼子里，每天都要被宰杀，每天都心惊肉跳。老天，做个梦都当真，这样的官也太窝囊了。他叫什么名字？啥，叫来福？！

噢，我的天啊！骗你天打雷劈，来福只是我随口说的，谁知道他当了真呢！

叫声奶奶您别慌张

那年，单位在高榜山下买了一块地，准备建新办公楼，派我过去"看场子"。

所谓"看场子"，就是照看已经搬到工地上的水泥、沙子、木料、钢筋等建筑材料，避免天阴淋雨，或有人偷窃。"看场子"主要是晚上。白天有工人在，不需要。同我"看场子"的还有一人，叫老邹。

老邹第一晚上来就把我吓一跳。

那晚没电，夜就显得特别黑。抬头望天，风声呼呼，乌漆漆一片。我坐在板房内，擦亮马灯，边看书边等老邹。

这老邹六十多岁，是单位新请的本地人。建楼时若有纠纷，也好周旋。我还没见过他，只听说他爱讲古，懂风水，小有名气。

看到十点多，内急，出门来找一偏僻地蹲下，吭哧吭哧拉了半天，才算平息内乱。正要起身，突然发现前面不远处有一玻璃球大小的"鬼火"忽明忽暗。这"鬼火"不在地上飘，却在半人高的草尖上滚，甚是怪异，惊得我浑身汗毛都竖起来。来看场时，就有人开玩笑说，这地方偏僻荒凉，曾是死刑犯的打靶场，经常闹鬼呢！我虽不迷信，但此时此刻，也不由得脊背阵阵发凉。

我伸手摸到一块石头，颤声问："谁？"

"我啊，老邹。"

我丢掉石头，长吁一口气，要不是看在他年龄比我大的分儿上，差点儿就要骂娘。那玻璃球大小的"鬼火"原是老邹自制的"炮烟"。

老邹说他早就来了，见我看书着迷，没敢打扰，就轻手轻脚在外面转转。灯光下，老邹显得又黑又瘦，谢顶的头皮上发出暗红的光。他张口一笑，满屋子都是臭臭的烟味儿。

我问他："在外面看啥？"

他说："给大家打个招呼。"

"大家？"我一脸不解。

老邹笑了笑："就是屋外那些花草树木，精灵生物，这里是他们的地盘，我们贸然闯入，理应打个招呼。对了，还有山边的奶奶庙。我也替你祷告几句，保佑平安。"

果然是爱讲古的人。我嘲笑他："你这是搞封建迷信，有意制造恐怖氛围。"他没应声，却打起响亮的呼噜。

第二天晚上，我早早到工地，没想到老邹已经来了。他含着烟，眯缝双眼对我说："走，我带你去看奶奶庙。"

对于奶奶庙，在我印象中，最出名的好像是泰山奶奶庙。但它不在泰山，而是在河南永城。供奉的是碧霞、佩霞、紫霞三位元君老太太。

"这里供的是谁？"我问老邹。

老邹说："到了你就明白了。"

跟着老邹七扭八拐，穿过一片茅草地，来到一处山坳，在一棵枝繁叶茂的菩提树前停住。老邹说："这就是奶奶庙。"顺着老邹手指的方向，我看到在菩提树下用砖头砌了个半米高的神龛，尖顶，拱檐，挂有红色垂帘。里面供一奶奶神像，身着蓝袍，面容慈祥。神龛下面插满了未燃尽的香签。可能来这里烧香的人不少，庙神奶奶被罩了一脸的灰。

老邹说："我们拜拜吧，过些日子她们就要走了。"

这话说得神神道道，让我感觉老邹精神上有问题。但是他拜得很虔诚，双手合十，一脸严肃。老邹说："奶奶原谅，您是这儿的主人，我们不该来却来了……"他后面的话越说越低，已明显不想让我听清。

往回走时，老邹显得很兴奋，扯开嗓子唱："叫声奶奶您别慌张，再苦再难也不低头。"唱来唱去，就这么两句。

晚上睡下，好像2点左右，我突然听到屋后有敲板房的声音，笃，笃笃，很轻。隔五六分钟又来一回。我拎个棒子蹑手蹑脚爬起来，到屋后一看，什么也没有。我不死心，围着板房前前后后、上上下下都仔细瞅瞅，一无所获。

回到屋，躺下不久，笃笃的声音再次响起。我把老邹摇醒，让他听听。等了半天，声音响起来，笃，笃笃——

我问老邹："听到了吗？"老邹说："哪有啥声音啊，你是不是想老婆想的？"

"啊！这么真切的响声你居然听不见，是不是脑子有问题？"

"你脑子才有问题。"老邹不耐烦地咕哝一句，蒙头睡去。这一夜我彻底无眠。

接连三天，笃笃之声都会在夜间响起。我曾在墙根蹲了半宿，结果悄无声息。一躺到床上，声音再次响起，持续有一两小时之久，好像有意跟我过不去。

我也曾到医院看耳朵，没一点问题。我怀疑是自己太紧张，以致出现幻觉。

第五个晚上，老邹说："要不，你回去休息，歇歇耳朵，过两天再来。"我也正有此意，忙向老邹道谢。出门时，老邹拉了拉我，又说："要不，给奶奶告别一声，也许会更好。"

　　老邹用恳求的眼神望着我，我不忍心拒绝。来到奶奶庙，我不知道该说什么，只双手合十拜了一下。往回走，我突然也忍不住想唱歌，于是学着老邹唱："叫声奶奶您别慌张，再苦再难也不低头！"

　　这天晚上在家中我很快入梦。恍惚间，又听到笃笃声响。我连忙睁开眼睛，屋里极静，只有妻子微微发出的鼾声。窗外正起着风，树叶婆娑，沙沙啦啦。细听之下，竟像老邹翻来覆去唱的那两句歌。

老洼的狗

进入三月，桃花落了一地，也没见老洼回来。

经理打几个电话都没打通。让老洼的侄儿打，家里回话说，过完元宵就走了。算算时间和路程，就是靠双脚走也该走到了。经理心里拔凉拔凉的，老洼可能失踪了。

经理说这话是自言自语，却惹得老洼的狗——那条已长得雄壮威武的狼青不乐意了。它竖起身子，冲着经理汪汪一通狂吠，好像在强烈地抗议经理说的不是人话。

经理骂："给老子滚。"

狼青狠狠瞪了经理一眼，愤愤离开。

自正月初八开工，这狗每天都要到办公区溜达一圈，瞅瞅这个，看看那个，静静听大家高谈阔论，样子极其温顺。然后再回到小屋前，趴下，不动。一旦有人靠近小屋，它会忽地立起身，毛发倒竖，双眼圆睁，发出低沉的呜呜声。稍有点常识的人都知道，这是狗准备发动攻击，最好的办法就是赶紧离开。

到了傍晚，这狗会跑到营区旁边的山包上，伸长脖子，向通往市区的土路上眺望。直到天彻底黑透，难见人影，才快快返回。

经理说："邪门啊，这狗真有点神了。"

一场春雨后，施工队接到总部命令，后方营地前移，所有建筑物都要拆除。老洼的小屋自然也在拆除之中。

这小屋也是板房结构，由若干根立柱和木板组合而成，连接处均用铆钉铆着。按正常流程，五名工人不到三小时就可拆光。然后把材料搬到前方去，再组装起来，又是一间可继续使用的小屋。

然而，五名工人来到小屋前却遇到了麻烦，那就是老洼的狗不让他们靠近。

五名工人离小屋还有十多米远，狼青就狂吠起来，并露出白森森的獠牙，样子很骇人。带头的大工说："要把它赶走才行，不然会伤人的。"有小工就找了根棍子，远远地朝狼青身上打来。

那狼青见棍子扫近，快速跃起，躲过一击。然后顺势向前扑去，直扑到小工跟前，吓得小工妈呀一声怪叫，丢了棍子就跑。那狗并不追击，扭转头又向大工扑去。大工哪见过这阵势，也吓得抱头鼠窜。其他三人自然是一哄而散。

经理听后，大骂五人，连条狗都对付不了，还不如给老子一头在豆腐上撞死算啦！经理戴好安全帽，带着五人重新返回。

这次每人手中都拿了一根棍子，排成一字长蛇阵，慢慢逼近小屋，逼近狼青。那狗开始咆哮，眼睛里露出凶光。

经理喊了一声："给我打。"六条棍子齐向狗身上招呼。那狼青左冲右跳，躲过前面躲不过后面，躲过上面躲不过下面，饶是它矫健勇猛，最终宽深的脊背上、狗头上还是着着实实挨了几棍子，痛得它嗷嗷直叫。

好在那狼青极其聪明，纵身一跃，从窗子里钻进了小屋。这窗子是老洼专门留的，他走后，虽然锁住了门，但为了能让狼青进来躲避风雨，特意把窗棂拔掉几根。

这下，狗在暗处，人在明处，要想攻进屋内打狗就有点棘手了。

经理对大工说："怎么对付屋里的狗，我不管。我只要你在天黑前把小屋给我拆了。"大工面露难色，用哀求的声音建议："这狗通人性呢，它还没有真正发狼，若把它逼到极限，我们可能有人会受伤。要不，缓一缓，等老洼来了，再拆。他只发声吆喝，这狗就乖乖地听话。"

经理眼珠一瞪："等什么等，要是老洼死球了，这小屋就永远不拆吗？"然言转脸向其他四名工人说："你们，谁能把这条该死的狗撵跑或者毙了，明天就提拔你们当小队长。"

小队长比工人高两个级别，每月固定底薪多四百元。重赏之下，必有勇夫。有位小工拿着棒子，砸了门锁，就冲进去。

刹那间，就听得屋内狗吠声、人叫声、乒乒乓乓撞击声，响成一片。仅仅就那么两三分钟，小工哇呀呀怪叫着跑了出来。大伙儿一看，小工的脸上、手上到处是血，显然被狼青咬得不轻。

经理倒吸一口凉气，吩咐大工赶紧叫车来，把小工送进医院。

小屋内重新恢复平静，只有狼青的喘息隔着薄薄的门板不时传递过来。经理没想到一条狗竟然和他较上了劲，并且让他如此垫贩。这让他恼羞成怒，一张肥脸涨成了紫酱茄子。他把短粗的手掌往空中一挥，用几乎咆哮的声音调来一部推土机。经理说："去，把小屋废了，直接推平。就不相信这狗杂种抗得过机器。"

司机嗨了一声，加大油门，在轰隆隆的爆响声中，老洼的小屋被彻底推平。在经理和围观的工友想象中，那条名叫狼青的狗肯定趁小屋裂开之机悄悄逃走了。

然而，当大家清理板材时才发现，那条狗竟然直挺挺躺在老洼的床下，被碾得血肉模糊，成了一张肉饼。

　　狗死了，与自己坚守的家园共存亡。

"酒鬼"狗

老房养了一条酒鬼狗。什么意思？就是这狗像老房一样，一日三餐都要喝酒。不喝酒就耍赖，卧在地上，像小孩子一样呜呜叫着不起来。

这都怪老房。老房是房地产公司看大门的，事少钱多，因为爱喝酒，整日醉醺醺的，媳妇忍受不了他身上长年的酒气，跟别人跑了。为了解闷儿，老房养了一条狗。刚开始，这狗不喝酒。无论老房如何威逼利诱，它都坚持自己的立场，滴酒不沾。

这下可惹恼了老房。"你不就是一条狗嘛，还把自己当成有底线的人了。"老房一生气，把狗拴起来，不给吃的，只给一碗酒。老房对狗说："你只要舔上一口，我就喂你吃的。"那狗宁死不屈，目视前方，瞅都不瞅那碗酒。

三天过后，狗饿得口吐白沫，老房于心不忍，悄悄在肉炒饭里掺了一些酒，端到狗嘴边。那狗终究抵挡不住食物的香气，大口吃了起来。就这，慢慢地进了老房的圈套。

每天，一到吃饭时间，一狗一人，各自一碗酒（狗的酒要少些），吃吃喝喝，不亦乐乎。老房发现，狗只要喝了酒，干起活来就特别卖力。比如说去开门，那开关有半人高，按说狗伸出爪子是够不着的。可它借着酒劲，走到门边，纵身跃起，刚好能碰上按钮。吱的一声响，电动大铁门便徐徐打开。倘若吃饭时不给它喝酒，你让它去开门，它动都不动，还冲你直叫，样子挺凶的。渐渐地，公司内外都知道老房养了一条酒鬼狗，路过大门时，会特意停下来看看它。有人要给它照相，这狗居然很有范地摆个 Poss，一脸明星相。

一天晚上吃饭时，酒瓶里的酒只够老房喝，老房没给狗倒。这狗不依了，在老房腿下蹭来蹭去，发出极不高兴的抗议声，让老房吃坐不安。老房说："不是不给你，是没有了。要喝，自己买去。"那狗就从他腿下伸出头来，汪汪叫了两声。老房想了想，掏出十元钱丢在地上。狗一看，叼起钱来，摇摇尾巴，就跑了出去。不大一会儿，狗就衔着一个塑料袋子兴冲冲地跑回来。老房接过袋子一看，不仅有一瓶酒，还有找回的零钱。老房是又惊又喜，打开瓶子，给狗倒了一碗，那狗乐得眼睛里都涌出了泪花。正喝呢，小卖部老板娘花姐赶过来，直夸老房的狗聪明。"你这狗真是了不起，进到店里，把钱一放，用爪子指着酒瓶就嗷嗷叫。给它别的都不要，把酒装好，它就不叫了，真是要成精。"经花姐这么一夸，酒鬼狗的知名度就更大了。

5月过节，老房烧了几个好菜，自然要多喝点酒。老房一高兴，也给狗多倒一碗。没想到这一喝，把狗给喝醉了。这狗喝醉了就开始发酒疯，不但扯着嗓子唱狗歌，还打滚儿作揖讨好人。有车子从外面进来，它一跃而起去开门。等车子进来一半，它又跃起去按开关。好家伙，差点儿把车子夹在了门中间。幸好开车人反应快，一踩油门冲过去，才避免车子被刮花。老房赶紧出来赔不是，同时冲着狗一顿臭骂。那狗正疯癫着呢，把花姐养的一群母鸡撵得四处乱飞，咯咯乱叫，鸡毛落了一地。花姐听到鸡叫，扭着屁股出来。一瞅酒鬼狗正在调戏她的鸡，找个棍子就打。那狗见她穿着短衣短袖，露出白花花的肉，竟两眼发光，汪汪叫着扑过来。花姐吓傻了，像木偶一样待着不敢动。那狗扑到她跟前，抬起前腿搭在她的胸脯上，胯下的狗鞭直直地伸了出来。幸亏老房及时制止，才没被花姐发现。

这一幕恰巧被公司新任总经理看到，他望着酒鬼狗乐个不停。隔天，总经理找到老房要买他的狗，老房挺为难。卖吧，不舍得；不卖吧，又得罪总经理。于是就说："只要它愿意，我就没意见。"说完，往狗脖子里系了根绳子，交给总经理。酒鬼狗一看，不乐意了。龇牙咧嘴咆叫，恨不得把总经理咬上几口。总经理见强夺不行，眼睛一转，计上心来。于是，每到吃饭时，就带瓶酒来。总经理的酒是好酒，什么汾酒老窖小白干，一开瓶都香味扑鼻，每次都给狗倒半碗。那狗喝了好酒，竟不愿意再喝老房的劣酒。几天后，狗乖乖地跟着总经理走了。

一晚，狗突然跑了回来，呜呜直叫。老房见狗胯下一片血红，用手一摸，狗鞭没了。老房搂着狗狗伤心大哭："谁让你贪那一口，一点好处你就叛变，活该啊活该。"

半夜，狗就死了。

老房也辞了工，从此不知去向。

斗地主

　　榕树下，胡兵、二歪子、老铁在斗地主。

　　周围围了一圈子看热闹的乡亲。新婚的小媳妇铃铛也在。细长腿、高胸脯，如鹤立鸡群。

　　斗地主，自然要带"水"的。底线十元，上不封顶。丢炸弹，翻倍。好家伙，轮到二歪子当地主，火力十足，一局下来，丢了四枚炸弹，直炸得大家怪叫连连。夸张的声音把那些要迈向会场的脚步硬生生拽了过来。

　　人越围越多。二歪子脸上露出得意的笑，抖着鸡爪子般的手，将四张红色老人头揣进口袋，剩下八张小票递给二蛋："去，买烟去。"

　　"八十块钱能买啥烟？来，大伙儿抽我的。"有富过来，从口袋掏出黄鹤楼，小心翼翼地撕开金黄色的塑封。二歪子边发牌边用眼角瞄了瞄有富。

　　有富开烟盒的动作很特别。他不是从上口开，而是从烟屁股开，这样掏烟，手指捏着的是烟头，而不是过滤嘴。

卫生、干净。围着的几个老年人啧啧称赞。没想到还有这样开烟的。好！

胡兵、老铁常年在外面混。识得这烟的好歹。胡兵说："富啊，发财了，这烟要一百多块钱一盒吧？"

有富满脸堆笑回应："老叔子，哪能说发财呢，混个肚儿饱而已。这不，想回村里发展。以后，还需要大伙儿多照顾呢！"说完，又是派烟，又是拱手。

村支书老冯也过来了。吭吭咳咳，病入膏肓的样子。他摇摇枯瘦的手，扯着嗓子说："不斗了，不斗了，马上就要选举了，你们这样扎堆，可不能串供啊！"

有人放了个响屁，噗的一声，惹得大家哄然大笑。有富拍拍老冯的肩："还有二十多分钟，难得乡亲们聚一起，让他们玩，让他们玩。"

两人一前一后转向会场内的一拨人。

有人忍不住吐了一口痰，呸！

老铁说："就剩下这点长点时间了，不如玩大些，打底一百元，到点就结束。"胡兵眼珠子转了转，盯住二歪子。

三人当中，二歪子家穷。虽说都住在市郊的城中村，一拆迁就会富得流油，可二歪子非"土著"，是外来户，只享有户口，没有土地。再加上他刚娶媳妇，手里的钱也不多。

来赌，赌的就是胆量和底气。即便有好牌，心慌也会输的。二歪子梗梗脖子，忽然问了一句："昨晚你们是不是都收到红包了？"

"你怎么说这话。还来不？不来，就拉倒。"胡兵、老铁同时发火。二歪子赶紧道歉："开玩笑呢，开玩笑呢！来，不就是一点钱吗？奉陪到底。"

三人一开战，赌资十倍上翻。一局牌若丢下一两个炸弹，轻则近千，重则上万。这种豪赌扣人心弦，立马就把会场那边的一小部分人也吸引了过来。

老冯拦都拦不住。

一连四局，二歪子都输了，身上八千元块钱现金掏个精光。

第五局，二歪子当地主，顺风顺水打了个插底，手握一张大鬼，胜利在望。没想到老铁扔下一个炸弹，跟着打对子，把牌势转给胡兵。胡兵一路通杀，将大鬼彻底逼死在二歪子手中。

这一局，二歪子输了八百。八百不多，可二歪子身上一分钱都没有了。

二歪子眼睛发直，气喘得也不均匀了。

有富赶紧凑上前去，手里攥着一把钞票，悄悄往二歪子口袋里塞。

"你别……"二歪子伸手拦住。

"我们是兄弟，兄弟有难，应该帮的。"有富低声说。

"不！"二歪子忽地站起来，"铃铛，把你身上的钱掏出来。"二歪子喊他媳妇。

铃铛笑眯眯的，一点也不在意老公输了钱。听二歪子这么说，就把小包内的钱全掏给了二歪子。不多不少，正好八百。

"还斗不？"胡兵问。

二歪子看看表，说："斗，最后一把。"

"你要输了呢？"老铁问。

"我……我要输了？"二歪子看看老铁，再望望大伙儿，一字一句地说，"我要是输了，就让你亲一下铃铛。"不待大伙儿反应过来。二歪子又跟了一句："你不早就想亲亲我媳妇吗？"

老铁脸刷地一红。但他没有否认，一脸淫邪地望着铃铛："这话可当真？"

铃铛的俊脸腾地升起两片红云，急促得赶紧低下了头。

老冯说："有这样赌的吗？伤风败俗。不行，搞不得。"

二歪子手一挥："爷们儿一句话，说到做到，不放空炮。来，斗！"

这一下，围观的乡亲们大眼瞪小眼，心都怦怦跳起来。

结果，二歪子输了。

二歪子拉着低着头的铃铛，当着众乡亲的面让老铁美美地亲了一口。

然后，有富召集大伙儿进会场去开选举会。没想到，连候选人都不是的二歪子高票当选村主任。

晚上，二歪子回到家，发疯似的抱住铃铛，把铃铛一肚子的话硬是卡在嗓咙里，发不出声来。

金蝉的密码

是的，他叫金蝉。

不是落在树上尖叫的知了，而是一个瘸了腿的看门人。

来单位不久，我就和他相熟了。除了进进出出要打招呼外，还有，我俩是"同道"中人。我搞文案工作时间已久，颈椎腰椎肩周炎便缠上身来。医生嘱托我要多活动，多锻炼，于是，就同金蝉有了更多的接触。

每天清晨，金蝉把门口收拾妥当，就沿着院墙外的一条小道开始跑步。他腿瘸，跑起来一跳一跳的，很是滑稽。刚看时，忍不住想笑，见多了，便心生佩服。这条道上最常见的就是我俩的身影。

我们的交流自然多起来。

我问他："多大年纪？"他搔搔花白的头发说："快七十了。"

我夸他，看起来很年轻。他呵呵笑说，他要活一百一十二岁。

这有整有零的话，听得我有些蒙。这瘸老头儿，有意思。

有天清晨，刚迈出门来，就下起大雨。我赶紧转身，收兵回营。他呢，却不，继续向前跳着跑。我犹豫了会儿，迈开步子追上他。

我说："这样锻炼会伤害身体的。"

他抹了抹脸上的雨水，说："我知道，我到前面亭子里去唱歌，效果不比跑步差。每次遇到下雨，我都这样。"

我问："你不能歇一天吗？"

他摇摇头说："不能，生命不止，锻炼不息。"

到了小树林的亭子里，他放开喉咙，大声歌唱。他唱的是许冠杰的粤语歌：人皆寻梦，梦里不分西东，片刻春风得意，未知景物蒙胧……

说实话，他唱得跑腔跑调，很不好听。可他很认真，很专注，我听着听着，竟听进心里。待雨停，回到他住的门房，他让我进去擦把脸。屋不大，却很干净。茶几上放了一盆黄金桂，绿叶白花，散发出阵阵芳香。在西面的墙上，我看到很多奇怪符号和数字。像 β §，06；$\approx$ 石水，？θ 823……还有一些动物的头像和植物的花叶，密密麻麻地画了半个墙壁。压底是一句英文：Who laughs last laughs best。这句我识得，笑到最后才是赢家。

我指着墙壁问："这是什么？"

他面色一冷，说金蝉密码。好像怕我再问，他很客气地把我请出了门房。

他越是这样神秘，越激起了我对他这面密码墙的好奇之心。

到单位久了，慢慢了解到金蝉的一些人生经历。他原是北京一所名校的高才生，毕业后分配到这里。那时，单位只有五十来个人，他显得鹤立鸡群。好像是他来后大半年的一个晚上，不知怎么，住在他隔壁的女会计发出凄厉的尖叫。等大伙儿跑过去一看，他光着大半个屁股已被抓了起来，而女会计正躲在被窝里哀号哭泣。地下散乱地丢弃着女人的胸罩和粉红色的底裤……围观的人们立马明白了，趁机对他进行一通狠狠的"修理"，他的瘸腿就是那时落下的。

没想到一年后，他从监狱里回来了，扣在他头上的"强奸犯"竟是一起冤案。单位无条件收留了他，他却主动提出看大门，这一看就是四十多年。

在为他叹惜的同时，我曾根据记忆，找了一些百科辞典，想搞清那些密码是什么意思，可一无所获。

一日，在同他一起跑步的时候，他问我："老邝死了，明天你去参加追悼会不？"他在说这话时，露出难以言说的激动和紧张。老邝叫邝林山，是这个单位最早的职工，曾任过办公室主任。昨天已有人通知我。我说："要去的。"

在殡仪馆，我和金蝉站在最后排，在阵阵哀乐声中，我竟听到了他在用鼻子轻轻地哼唱。别人可能听不清，也许以为他在祈祷或伤心。只有我明白，他在唱许冠杰的那首《天才白痴梦》。

从殡仪馆回来，他显得极为疲倦。我搀扶他进门房，这次他没有立马撵我走，而是拿起油笔，在西面墙上写下所谓的"密码"：〖?..... √, 15, ?。

刹那间，我心中一片悲凉，似乎明白了什么。

我问他："还有多少？"他没有直接回答，只是嘿嘿地笑，笑得那条瘸腿一抖一抖的。临走，他交代我一定要天天锻炼哦，笑到最后才是赢家！

回到宿舍，我心慌得要飞起来。刚好老婆来电，问我最近身体如何？我答非所问地问她："这半辈子，有没有人特别恨我们？"老婆说："你发什么神经？"

我说："从明天起，我就不再锻炼了，像猪一样地活着。"

说完，挂了电话。我能想象到，老婆那半张的嘴巴和一脸的愕然。

老　洼

　　老洼是施工队的保管员。

　　这支施工队清一色的大老爷们，有五六百号人、二十几台车，主要工作就是铺路架桥凿隧道。工友们则把凿隧道直接称为"打洞"。

　　老洼就是在一次"打洞"时被石头砸伤了腿的，连骨头都露出来了，血淋淋的，很恐怖。老洼痛得整个脸都拧成麻花状，硬是没流一滴泪。

　　老洼被送到后方营地。这营地是临时搭建的，前一排是办公区，设有接待室、机修间、材料库、卫生所。卫生所只看小毛病，比如发烧、感冒、头晕、中暑、拉肚子等。大毛病得到市里看。老洼就是在市医院包扎好后回来养伤的。

　　办公区后面是家属区。因为这工程预计要三年，男人们长期在外，裤裆里的"枪"是憋不住的。为稳定"军心"，施工队就搭起一排排板房。于是，女人们就婀娜多姿地走来了。

老洼没有女人，一是因为穷，二是长得丑。但他人缘好。老洼在施工队有十多年，干活不惜力，又爱帮人。谁家屋顶漏水、盘个土灶什么的，给老洼打声招呼，他总是乐呵呵地一帮到底。所以，老洼在营地养伤，吃得比经理还好。今天这个婆娘送来一煲汤，明天那个媳妇又送来一只鸡，整天房间里都喷喷香。经理一张嘴，来了句"个婊子养的"。他是汉口人，就这习惯。

老洼伤好后，落下后遗症，走路有点瘸。经理就安排他当保管员，主要保管竹竿。

工地用的竹竿是毛竹，碗口粗细，十多米长，韧性好，经久耐用。几千根毛竹堆在营地的一角，如同堆起几座小山。经理把老洼领到看竹竿的小屋前说："这里交给你了，不要少一根毛毛。"

经理话中有话，老洼心里明白。这里的竹竿经常被人偷，因为竹竿的用处太多了，每家每户大到搭棚子做家具，小到编竹篓、盛黄酒都需用。再加上看守人员不自律，每年工地都要补充很多竹竿。经理为此也换了很多人。

老洼很感激经理对他的照顾，深深鞠了一躬说："放心吧！"

当天，老洼进了城，买回一条小狗崽。这狗崽毛色草黄，尾长，三角眼，眼睛里发出深褐色的光。家属区的人都说这狗看起来挺凶哦！

老洼说："这不是一般的狗，是日本狼青。"

有人就呸了一口："难道日本狼青就不吃屎？"

老洼说："是的，它不吃屎。它和我一样，吃饭。"

到夜间，老洼就领着他的狗开始巡逻，守护着那几座山一样的竹竿。

时间久了，家属区的女人们纷纷跑到小屋前要竹竿。老洼木着脸，一口拒绝："不行。"

女人们见老洼不讲情面，纷纷斥责他："忘恩负义的东西，幸亏是当个保管员，要是当经理，岂不胯下尾巴翘上天？"

任女人们如何谩骂嘲弄，老洼始终不松口。

到晚上，曾经给老洼煲过鸡汤的梅子悄悄地来了。梅子和老洼是同乡，感情不一般。

梅子说："哥，我想要一根竹竿，晾衣服。"

老洼盯着梅子，伸手从口袋里掏出一百元钱。梅子，你去买一根吧！

"你……"梅子气得俊脸通红，"我就要工地的，要一根，难道会死人啊？"梅子边说边走到竹堆前，瞅根小的抽出来。刚走两步，老洼吭了一声。那狗得到号令，忽地蹿到梅子面前，龇牙列嘴，目露凶光，吓得梅子小便失禁，当场尿湿裤子。

为了根竹竿，梅子一家与老洼翻了脸。许多人也都与老洼翻了脸。

一天，有个队长来要三十根竹竿。老洼问："公用吗？"

队长说："私用，劈了当柴烧。"

老洼知道这是故意气他，便默不作声。队长掏出手机，给经理叽里咕噜说了几句，再把手机递给老洼。

经理说："老洼，给队长三十根竹竿。"老洼说："他是私用呢！"

"管他公用私用，给球他！"

"经理，他要把竹竿劈了当柴烧呢！"

"怎么那么啰唆，你知道他是谁吗？老子说给他就给他。"啪的一声，经理挂断了电话。

队长听完，哈哈大笑，当着老洼的面叫驴一般唱："解放区的天是明朗的天，解放区的人民好喜欢，呀呼嗨嗨一个呀嗨……"

当晚，家属区有人放起了鞭炮。老洼出去一看，那些以前被他拒绝的人家都领到了竹竿。队长在人们的喝彩声中，真的把几根竹竿塞进了熊熊的炉火中。

老洼病了，忽冷忽热。卫生所的人说看不了，让老洼去市里看。老洼把亲侄儿叫来，让他替自己守半天班，并交代："无论谁要竹竿，都不能给。"

谁知老洼看完病回来，有堆竹竿竟少了一半。侄儿见无法隐瞒，只好坦白：他班长婆娘来了，要搭一个小屋当厨房。班长答应他，办成这事，每月给他多加二百元底薪。

"你……你去给我要回来。"老洼气得浑身发抖。

"不，那是我的班长，我不去。"侄儿说得斩钉截铁。

"你不去，我就和你拼了。"

"拼了也不去。"

看着侄儿一脸坚定且凶狠的表情，老洼怔住了。侄儿的秉性他知道，为了钱，什么事都干得出来。老洼扑通跪了下来："侄，我求你了，我求你给我要回来好不好？那是公家的东西，不是我的，要是我的，你要我的命我都给你。"

老洼放声大哭，泪水长流。

这一幕刚巧被返回来的班长看到了，他鼻子一酸，上前把老洼搀扶起来。

年底，竹竿全被运到了前方。老洼也借此回老家看望重病的母亲。他抚摸着狼青的头低声嘱咐："好好看门，等我回来。"狼青汪汪叫了两声算是答应。

老洼走了。只有他的狗，送了他一程又一程。

老黑报靶

这个故事发生在 1949 年，在惠州铁炉嶂山脚下，有一支杂牌队伍归属湘粤联防军总指挥余汉谋管辖。

团长李大麻子靠他爹老麻子用几千个大洋买来这个官当当。有了枪，有了队伍，李大麻子就辟出一块场地来练习射击。

这李大麻子虽是个纨绔子弟，但喜欢玩枪，手里经常拿着的就是那种大盖式的王八盒子，这种手枪枪身长，能装十发子弹，提在手里很是威武。

李大麻子第一次练枪就杀了一名报靶员。李大麻子本来很自信，他认为打靶就像他在村庄里任意屠杀猪羊那样简单，只一枪就能撂倒一个动物。没想到三十米的枪距，他一匣子子弹打完竟全脱了靶。当报靶员报出一枪未中的时候，李大麻子脸上的麻坑就呈现出猪肝色。李大麻子让报靶员扛着靶子过来让他检查。这一检查，李大麻子发现靶上有很多洞都被白纸隔着，其中一个已经破裂。李大麻子问："这是怎么回事？"报靶员答道："这是以前练习射进的。"

"那么，这个呢？"李大麻子指着另外一个白纸破裂的洞，声音里充满了火药味。

"这个……"报靶员一时没明白过来李大麻子的意思，就愣在了那儿。

"他奶奶的，你竟敢谎报军情。"李大麻子一声怒喝，掏出王八盒子对着报靶员就是一枪。这一枪贼准，报靶员连哼都没哼一声就一命呜呼了。

报靶员死后，老黑接了班。老黑长得瘦小，但嗓门儿出奇大，一双眼睛更是滴溜溜有神。

老黑上班的第三天，李大麻子又过来练习射击，这次李大麻子一梭子弹放完后，老黑钻出坑来报靶，乖乖，竟中了七枪，高兴得李大麻子两眼放光。

李大麻子问："真的是我射的？"

老黑看了看李大麻子，擦了擦脸上淌下来的汗珠，很坚定地说："当然是团座射的！"

老黑还怕李大麻子不相信，忙一路小跑把靶子都扛到了他的跟前，不多不少，正好七个洞。

李大麻子一高兴，竟奖了老黑两个银圆，老黑激动得差点儿没给李大麻子跪下。

李大麻子有了长进，来射击场的次数也就多了起来。每次来他都要带上左膀右臂和一些狗头军师，大家一字排开，练习射击，有长枪，有短枪，李大麻子只练习他的王八盒子，枪距也从三十米增加到四十米、五十米。一通噼里啪啦射击后，老黑开始报靶，每次李大麻子都是前几名。渐渐地，李大麻子竟得了一个"神枪射手"的外号。

这年冬天，湘粤联防军的一车军饷在路过李大麻子的地盘时，竟被一帮人劫走了，好在押送的士兵抓住了一个劫匪，这劫匪经严刑拷打后，终于道出幕后主子就是李大麻子。这下可惹恼了湘粤联防军总指挥余汉谋。可余汉谋也不敢轻举妄动，虽说李大麻子只有百十个人，但李大麻子是远近闻名的"神枪射手"啊！若硬来，自己这边不知要死伤多少个弟兄。余汉谋眼珠一转，计上心来。他亲自书写了一个"神枪射手"的匾牌，用黄金镶边，带着一个旅的人马吹吹打打往铁炉嶂而来。

李大麻子见总指挥亲自给自己送贺匾，真是受宠若惊，忙让手下士兵杀猪宰羊，大摆筵席，酒肉招待余汉谋的队伍。正当大家酒酣耳热之际，余汉谋一扔酒碗，随着"啪"的一声响，余汉谋身边几个副官一跃而起，一下子把李大麻子按倒在地。李大麻子还没明白怎么回事，就被捆了起来。李大麻子的手下哪里见过这种阵势，一个个都吓得呆若木鸡。

余汉谋见李大麻子的王八盒子被缴了下来，心中长长吁了一口气。余汉谋问李大麻子为何要抢自己的军饷？

李大麻子一听，赶紧跪倒在地，对天发誓说自己对总指挥是忠心耿耿，从没干过对不起联军的勾当，抢军饷一事纯属冤枉。李大麻子边说边向余汉谋叩头，十几个响头下来，头皮磕得鲜血直流。

余汉谋见此情景，也有点左右为难了，为了给自己找个台阶，余汉谋要求李大麻子亲手毙了劫匪，以证心诚。

李大麻子如获大赦，兴冲冲地提起王八盒子直奔劫匪。余汉谋却说："你一个神枪射手，这样杀一个绑住的人多没意思，今天我们大家高兴，也想开开眼界，把劫匪放了，你打活靶吧！"

李大麻子心想，凭自己打靶的好技术，杀死一个大活人还不是易如反掌，于是满口应承下来。

为了卖弄自己的枪法，李大麻子让劫匪跑出三十米后再开枪。劫匪一听有这等好事，于是撒开脚步就跑。旁边的老黑见劫匪一跑，就扯开嗓门儿高喊李大麻子开枪。

李大麻子不愿意了，冲着老黑就骂："你奶奶的熊，还没有三十米呢，老子在五十米内不是一打一个准，嚷什么嚷。"

等劫匪又跑了十几步，李大麻子这才提起王八盒子，三点成一线地瞄准了劫匪，所有士兵都看大戏般地把目光聚集在李大麻子身上。只听得砰的一声，子弹竟落在了劫匪的脚边，击起一串灰尘。士兵们还以为李大麻子在玩猫捉老鼠的游戏呢，有人竟拍起了巴掌。李大麻子心里却发了慌，忙双手握枪，一扣扳机，子弹接连发出，砰、砰、砰……那劫匪拼了命地往前蹿，等李大麻子打光了子弹，那劫匪也跑了个无影无踪。

这一下，所有人都呆住了，李大麻子脑子里更是一片空白。"他奶奶的，你竟敢放走劫匪。"余汉谋气得脸上的青筋直蹦，一声令下，将李大麻子拉下去崩了。

李大麻子临死前只有一个愿望，就是想跟老黑说说话。老黑怯怯地来到李大麻子跟前，李大麻子飞起一脚踢在了老黑的裆部，痛得老黑哀号连天。李大麻子说："都是你小子害了我。"

老黑大哭："团长，我若不这样，我早就被你搞死了，是你自己害了自己啊！"

两个伙计

羊城西门的如意茶庄有两个伙计，一老一少。老的叫黄师傅，有五十多岁，宽脑门儿，弓字眉，双眼内陷，幽黑闪亮，负责店里的买卖。少的叫阿康，是个杂工，个儿不高，脸皮白净，有几分俊朗。只是每天皱着眉头的时候多，一副心事重重的样子。

阿康的心事在黄师傅身上。黄师傅每天穿着灰色长衫、青面布鞋，往店里一站，清闲自在就可以拿到很高的工钱。可自己呢，收垃圾、搬煤球、拖地板、烧茶炉，干的活是又脏又重，而工钱还不到黄师傅的二分之一。同为用人，阿康心里很不平衡。

阿康知道黄师傅有些能耐，以前老东家在世时很倚重黄师傅。那时的如意茶庄上、下两层都对外开放，楼上专门品茶消夜，楼下大量批发茶叶茶具，光伙计就有二十多人。每到秋季，南来北往的供货商赶车挑担上门供货。这时的黄师傅最精神。黄师傅看茶从不问客商，更不用品，他只需抓起一撮茶叶放在掌心，然后双手合拢，猛地哈上一口气，捂紧。少顷，放到鼻端，眯着双眼，用力一嗅，跟着报出：武夷头水岩茶（头水，即3月上旬至5月中旬采的茶）、安溪明前铁观音、福州香片六月白、杭州龙井……

一席话说得供货商大眼瞪小眼，服服帖帖地按黄师傅报的价格结账。

现在老东家下世了，少东家做主了，如意茶庄的生意也一年不如一年，再加上袁世凯称帝，战乱不断，如意茶庄不得不精简人员。合二为一，只卖些茶叶茶具维持一大家子的生活。

少东家自当家后，就有点嫌黄师傅碍眼。黄师傅背驼了，头发也白了，除了眼睛，身子骨一年不如一年，站在店里怎么看都有损门面。少东家的这种想法竟被阿康看穿了。

一日，趁黄师傅不在，阿康就向少东家提出：他想跟黄师傅换换位置，而工钱只拿黄师傅的一半就行。少东家有些犹豫，怕阿康不懂行情。阿康说："做买卖这活，全靠眼睛灵活，俩钱买，三钱卖，薄利多销，胜似利高。"少东家见阿康说得有理，就慷慨应允。黄师傅一回来，看阿康脱了粗布短褂，穿上长衫在店里招呼客人，心里马上就明白是怎么回事。黄师傅长叹一声，拿起扫帚走向了后房。

这一换，黄师傅还真有点吃不消。毕竟是上了年纪的人，遇到挑水、劈柴、搬煤球的重活，又没有一个人来帮手，常累得他汗流浃背，气喘吁吁。少东家竟像没看到似的，有时还一个劲地催黄师傅要快些。黄师傅心里明白，这少东家是变着法儿撵自己走呢！算算日期，离过年还有近三个月的时间，就想咬牙坚持干到年尾再走。不承想，半个月下来，黄师傅就病倒了。这下可吓坏了少东家，万一黄师傅有个三长两短，自己不但贴钱贴物，而且会沾上一门子的晦气，那才叫偷鸡不成蚀把米。直到请来的郎中说这是急怒攻心，休养一段时间就会好的，少东家这才放心。

等黄师傅病愈后一结账，不但几个月的工钱被扣完，反而欠下少东家二十个大洋。少东家显得挺仁义，说："看在你跟我们家几十年的分儿上，这些欠的钱就不要了，病好后，你早日返乡吧！"

黄师傅很平静地看着少东家说："欠钱是要还的，否则我就是入了地狱也不会安宁的。这样，三天后，你的店再让我打理一天，我在你零售的基础上，若能多卖出钱来，就算还债和路费如何？"

少东家一听，心里立刻盘算开来：三天后是什么节日，冬至过了，阳历年没到，跟平日没什么两样。不如做个顺水人情，也好让他死心塌地地走。于是就点头同意。

　　到了第四天，少东家怀着好奇的心情早早起了床，在羊城西门大街一溜达，就看见许多洋行门口贴了一个戴红帽的老人像，顿时恍然大悟，原来是西方的圣诞节到了。据说这一天洋人买东西都很大方的。回到了店里，就见黄师傅换上一身干净的衣衫，精神抖擞地和阿康站到了一起。你还别说，这天买的外国客人确实比以往要多，但一个个都被阿康抢在前头拦住了生意。有时忙不过来，少东家亲自出马，也不让黄师傅接待客人。黄师傅只有一脸的苦笑。

　　到了下午，来了一个鹰钩鼻子蓝眼睛的洋买办。少东家认识，这个洋人叫吉姆逊，是个有名的中国通。吉姆逊先闻茶叶，再看茶具，看完一圈，嘴里直叫"No"。跟在他屁股后面的阿康忙把吉姆逊领到了精品小柜前，那里面摆放着几件清代的朱泥小壶。吉姆逊挨个儿拿起，敲了敲，闻了闻，又用手背在壶底来回摩擦几遍，然后大大咧咧地说："这些都是赝品，声杂、味腥、有毛刺，我需要真正的宜兴陶器。"几句话，全说到点子上了。阿康蔫了，少东家也无语。吉姆逊轻蔑地一笑，就要跨出门去。就在这时，黄师傅说了一声："请留步。"吉姆逊转过头来，很纳闷地看着黄师傅。黄师傅笑着问："吉先生，要是好壶，你可出得起价钱？"吉姆逊指指外面的洋车，得意地说："钱是不成问题的。"

黄师傅转身进屋拿出一把壶来。看到这把壶，差点儿没把少东家和阿康笑掉大牙。这壶原是几年前宜兴一供货商送给老东家六十大寿的贺礼，壶送来后，老东家已经过世了。这壶表面很好看，只是壶底有一条裂纹，虽不漏水，但没人会买的。少东家准备扔掉，黄师傅却收起来当了自己晚上备用的痰盂缸。没想到经过几年唾液的浸润，这裂纹竟自动愈合了。现在这个洗得挺干净的小壶就放在吉姆逊的面前。

　　吉姆逊一看，眼里就放出两道蓝光。这是一把紫砂小壶，形同鼓肚，耳把浑圆，肩起腹收，犹如玉女叉腰。壶身轻而平滑，上面细细刻有"二十四行"行草。壶底篆刻五个小字："平生一片心。"吉姆逊用中指的戒指轻叩壶身，随即发出清脆之音。他又用手背轻拂壶口，除了有平滑如玉的感觉外，还带有一丝凉气侵入肌肤。再看看那些诗文，如鬼斧神工，笔笔流畅有力。吉姆逊看完，良久才说："这是一把曼生壶。"

　　听吉姆逊这么一说，连少东家都吃了一惊。曼生是乾隆年间宰相陈鸿寿的名号，他一生爱茶爱壶，家里常年供奉茶圣陆羽之像，曾亲手绘制十八壶式，得到乾隆的交口称赞，但流传下来的壶式却极少。难道这真是一把价值不菲的"宝壶"？难怪黄师傅一有空闲就对着壶又翻古书又查资料的，原来是在琢磨这壶的来历。

黄师傅却说："吉先生，你只看对了一半，这是一把三绝壶。其一绝就是你看到的，这是曼生壶式，确确实实为陈鸿寿所绘，经宰相之手，土木野草都要贵上三分。其二绝就是上面的诗是唐朝诗人卢仝所作的七碗茶诗，共一百二十四字。这七碗茶诗虽被文人、雅士广泛传颂，可谁也没见过卢仝的真迹。没想到到了清朝，这手迹却落到了宜兴制陶大师叶时春手里。叶时春除了能烧得一手世间少有的陶器外，还精通书画、篆刻。他一看到卢仝的手迹，不禁拍案叫绝。这些字可谓铁画银钩，力道逼人，于是，叶时春选用了曼生的壶式，把卢仝的字成倍缩小，一刀一刀地刻在壶上，并在壶底留有自己的字迹。说也奇怪，叶时春刻完之后，卢仝的诗稿顿时化为灰烬。这把壶集了曼生的款、卢仝的诗、叶时春的手才得以问世，故称三绝壶。"

一席话，听得几个人都如同天书，不知是真是假。吉姆逊更是张大了嘴巴，要求用茶一试。这是检验好壶最有效的办法。

黄师傅随便马出一勺茶叶，放在壶内，加水烹煮。黄师傅亲自掌握火候，不时调大调小，不一会儿，热气升腾，蟹眼过后鱼眼，茶味从壶嘴喷出，刹那间，满室飘香。黄师傅倒了一盅递给吉姆逊，吉姆逊慢慢品尝了一下，只觉一道热浪过后，腹腔甘甜，口舌生津，不禁连声赞道："好茶，好壶。"吉姆逊问黄师傅要卖多少钱？黄师傅不说话，却伸出一个指头。少东家一看，心里连叫乖乖，一把壶竟想收人家一百个大洋，真是异想天开。不想吉姆逊一下子就掏出一千块袁大头放到了柜台上。这下把少东家和阿康都喜得头脑发晕了。

黄师傅倒不见得怎么高兴，反而问吉姆逊："你出这么多钱，不怕被我骗了？"

吉姆逊直视了黄师傅一会儿，说："你的眼睛告诉我，你是一个坦诚的人，这把壶若是真正的三绝壶，那就是国宝了，像你这样的人也不会卖给我的。这把壶肯定就是赝品，但它仿造的工艺绝对值这个价钱。更主要的是，我不但爱壶，更爱你们中国的文化，这把壶可以说是让我找到了了解你们中国茶文化的钥匙，这才是无价之宝。"

吉姆逊说完，驾着洋车走了。黄师傅也提起早已准备好的包裹，只拿了十个大洋就大踏步出门而去。好半天，少东家才醒悟过来，他忙叫阿康赶紧去追。阿康说："洋人的汽车跑得那么快，怎么追得上？"少东家说："你真是个笨蛋，我让你去追黄师傅，他才是真正的无价之宝啊！"可门外早已不见了黄师傅的踪影。

匪　事

　　李大耳朵没想到在万分危急的时候竟被余疙瘩给救了。

　　李大耳朵太大意，只带了五个弟兄闯进水口镇。他原以为凭六匹快马、六条快枪足以把富绅杨满仓吓得屁滚尿流，乖乖地把粮食送到山上。然而，他中了埋伏。

　　一时间，枪声大作，马匹皆亡，五个兄弟倒下了四个。另外一个兄弟掩护着他边打边撤。后面，杨满仓的家丁紧追不舍。

　　从追兵包抄的方位来看，杨满仓的用意很明显：把李大耳朵逼向东江，不被打死，就被淹死。因为李大耳朵不会浮水。可见，杨满仓的老谋深算。

　　等跑到东江边，最后一名弟兄也被撂倒了。李大耳朵的枪膛里也没了子弹，他绝望地闭上了眼睛。就在此时，李大耳朵听到有人在水中喊他："大当家的，快跳河。"

　　李大耳朵往河里一看，是余疙瘩，正抱着一截圆滚滚的木头向他招手。李大耳朵奋力一跃，跳进河中。

李大耳朵得救了。他问余疙瘩："为何要救我？"

余疙瘩挠了挠脑瓜子说："你，说话算数。"

"就这么简单？"

"嗯。"

半月前，李大耳朵在一家饭馆啃羊腿，刚好余疙瘩从此经过，硬是被羊肉的香味生生地拽住了脚，一双眯缝的小眼睛散发出馋涎的光。

"想吃？"

"嗯。"

"喊声爷。"

"爷——"

余疙瘩声音很响亮。李大耳朵哈哈一笑，扔给了余疙瘩一条刚烤好的羊腿。

余疙瘩只吃了一口，扭头就要走。"干吗？"李大耳朵问。

"给我娘。"

李大耳朵心里紧了一紧。

余疙瘩说："为了吃，我喊过很多人爷，但是兑现的，只有你一个人。所以，我知道杨满仓的一些事情后，就想救你。"

李大耳朵拍了拍余疙瘩的肩，余疙瘩就跟李大耳朵上了高榜山，成了匪首李大耳朵的义子。

李大耳朵教会疙瘩打枪，可老打不准。三点成一线，说了几百遍，就是不开窍。一扣扳机，就脱靶，气得李大耳朵恨不得在余疙瘩脑袋上钻个洞。猪货，名字没起错，真是个榆木疙瘩。教了几天，李大耳朵发现余疙瘩在瞄准的时候，小眼睛老斜视，明明是歪的，在他眼里都成了正道。路径有问题，自然打不中目标。按常规，应该严格认真纠正过来。但李大耳朵却灵机一动，拿过余疙瘩手中的王八盒子，把枪杆上的准星给拧歪了。再让余疙瘩射击，"啪啪啪"三枪，虽然远离靶心，但枪枪都上了靶子。李大耳朵得意得直拍手。行，打枪如同这世道一个样，下苦功不如走捷径，不管你旁门也好，左道也好，击中目标就是高手。

能打中靶子，也给了余疙瘩极大的信心。他冬练三九，夏练三伏，硬是歪打正着，成了远近闻名的神枪手。为了确保山寨粮草不断，余疙瘩自告奋勇带领十多个弟兄再次来到水口镇。这次他是突然袭击，等杨满仓的家丁发现他们时，余疙瘩王八盒子一甩，打飞了一个家丁的帽子。再一枪，击中了一个刚拉开枪栓的家丁的手腕。这一下，震住了整个杨家大院。

杨满仓被带了出来，余疙瘩在他头上放了苹果。杨满仓不知道余疙瘩要干啥，吓得双腿直抖，裤子都尿湿了。

余疙瘩说："站稳了，别乱动。"然后退后五十米，抽出王八盒子"啪"的一枪将苹果打个粉碎，而杨满仓则毫发无伤。

"记住了，粮草要老老实实地送，否则，随时来取你脑袋。"余疙瘩丢下一句话，走了。杨满仓呆若木鸡，好半天都没回过神来。

征服杨满仓不久，高榜山的土匪便被收编为国军。这一天晚上，山寨杀猪宰牛，共庆收编成功。李大耳朵成了团长，余疙瘩成了副团长，国军给了更新的武器装备，山寨上下喜气洋洋。酒过三巡，为了在特派员面前显功，余疙瘩提出要练练枪法给大家看看。这晚也该出事，李大耳朵争着要去顶酒坛子。因为他对余疙瘩的枪法很自信，苹果都能打，更不要说大了几十倍的坛子。再者，也向大家炫耀，老子英雄儿好汉，他这个团长人老心不老，胆量依旧在。等李大耳朵顶好坛子，余疙瘩掏出手枪就是一下。

等子弹打出去，余疙瘩就觉得坏了。因为这枪不再是他那把王八盒子，而是正宗勃朗宁。他把歪门邪道的打法用在了正确的准星上，能不要命吗？结果，酒坛没打碎，李大耳朵的脑袋却开了花。

李大耳朵到死没闹明白，自己一手培养出来的神枪手，怎么眼看快要过上好日子了，却一枪打死了自己？

疯　子

春上，开学的时候，我送女儿去报到，发现三中门口来了一个疯子。

这疯子蓬头垢面，胡子拉碴，根本看不出他实际年龄。疯子反穿了件皮夹克，上面刮烂很多口子，有些布条垂下来，贴在屁股上，像拖了一截长长的尾巴。下身大裆裤遮羞。脚下蹬了一双半筒雨鞋。里面可能灌了水，走起路来呱嗒呱嗒直响。

三中的旁边是一栋烂尾楼。疯子抱了一团破棉絮，就在屋檐下安了窝。

疯子饿了，就到垃圾箱里翻捡学生们扔下的食物。运气好的时候，能翻到没喝完的 AD 钙奶、营养快线和奶油面包。天一暖和，疯子就把皮夹克脱下来，在阳光下捉虱子，捉到一个塞进嘴里就吃，边吃边嘿嘿地笑，乐不可支。

疯子的到来引起三中那些调皮男学生的兴趣。有的用棍捣，有的用石子掷。他们不敢靠近，怕被疯子抓一下，会得狂犬病。疯子被骚扰急了，张口骂：“日你龟儿子个仙人板板，靠死你们，马的鸡屁毛塞……”

疯子一通乱骂，竟分别用了四川、湖北、湖南三个地方的方言，这让我很是惊奇，看来疯子还真是见多识广呢！疯子的话，听得学生们哄然大笑，石子也投得更厉害了。疯子只好把头紧紧夹在裤裆里，不再作声，学生这才快快散去。

每当女儿看到这一幕，都会噘起小嘴，骂那些学生使坏。女儿十二岁，正是勤学向善的年龄，见不得世上一点点丑陋的东西。

有天早晨，我把女儿送到学校门口，往回走的时候，无意间一回头，竟看到女儿走近疯子，将手中的馒头用塑料袋包紧，扔到疯子的旁边。疯子看到滚来的馒头，赶紧钻出被窝，一把抓过来，竟不撕开塑料袋，张嘴就是一口。这时我才明白，我家的丫头为何近段时间老吵着饿了。

俗话说，人恋恩情，狗恋食。时间久了，那疯子竟然记住我的女儿。每次见到女儿放学，他都会呵呵地傻笑。

一晚下雨，我去接女儿，女儿竟在屋檐下同疯子聊天，吓得我手心里都捏了一把汗。

女儿说：“爸爸，这疯子有时是清醒的呢！不信，你听听我问他。”女儿问：“乖，你说说，你是哪里的人？”

疯子低眉顺眼地回答："我是惠州的。"

"你叫什么名字？"

疯子摇摇头。

"那你妈妈叫啥？"

"我妈妈叫攀枝花。"

我一听，忍不住要笑出声来。攀枝花要是他妈了，那四川岂不成了他外公啦？

女儿又问："那你爸爸呢？"

疯子突然笑起来："我没爸，我没爸，我爸爸是头猪啊！"

疯子一发癫，女儿就不敢再问了。我也赶紧拉女儿走开。

女儿说："爸爸，我们帮他找妈妈行不行？前天我问过他，他还说他妈妈是老师呢，所以他老把学校当成他的家。"

我说："他前言不搭后语的，我们要信以为真，别人不把我们当成神经病才怪。"

半个月后，我要去外地出差。临走，特别交代女儿，没有老爸的接送，一定要跟疯子保持距离，因为疯子伤人是不负法律责任的。

等我回来后，疯子已不在三中门口了。女儿说，疯子被人们打跑了。原来，有天晚上，一位同学的妈妈来接儿子。那夫人开着一部小车，穿着超短裙，露出白花花的大腿。躺在屋檐下的疯子突然发了癫，从角落里跑出来一把抱住了那位夫人，一张臭烘烘的嘴还往夫人脸上啃，吓得那夫人哇哇大叫。附近人们赶出来，打的打，拽的拽，终于把疯子和夫人拉开了。当然，疯子遭到一阵痛打，特别是那夫人，用尖尖的皮鞋使劲往疯子下身踢，踢得疯子直叫妈，直叫攀枝花。

从此，疯子再也没在三中门口出现了。

本来，我以为疯子的事就算完了。但是在我回来的第二天，我去朋友老良家送资料的时候，无意中听到一件事情深深刺痛了我的心。

老良家离三中不远，只隔了一条大马路，以前这里是农村，现在变成了小区，门口都有威严的保安值班。我到时，老良刚冲完凉。这半天半地的，搞啥鬼也。

老良说："去去晦气。你不知道，楼上一个当过老师的邻居死了。是个老妇女，挺可怜的。三十岁时离了婚，带着一个有点癫癫的儿子独自过。好不容易把儿子拉扯大，儿子竟然网恋了。八年前，独自偷跑到四川去会网友，结果从此杳无消息，是生不见人，死不见尸。老妇人从惠州到四川来来回回不知跑了多少趟，工作也丢了，眼睛也哭瞎了。前几天做梦，说梦到儿子死了，哭得撕心裂肺，邻居劝都劝不住，夜里就喝安眠药自杀了。这老妇人啊，是绝望而死的。"

我心里莫名其妙地颤抖起来，忙问："老妇人叫啥名字？"

老良说："名字还挺好听的，姓潘，叫潘枝花。"

那一刻，我觉得大脑一阵眩晕，手中的茶杯呼地掉到地上。吓得老良赶紧问："咋的，咋的，你可莫吓我哦——"

老良的脸像纸一样雪白。

虎王刘一刀

东家第一次遇到劫匪是三十五岁那年。

东家怀里揣着租金，很惬意地往回走。乌金西坠，秋风飒飒，东家紧紧衣衫，不停地哑着嘴，小红身上的余香似乎还留在口中。

东家住在洪家寨，寨外有良田一百余亩，靠近东江，沙土地，水源好，只要撒种就疯长，很受佃户的喜爱。

每次收租，东家都趾高气扬。年景好时，东家就会略略涨租。佃户若不同意，东家就会把小眼一翻，细声细语地说："那你下一年就不用种了，我可从不勉强别人，外面大把排着队的人要租地呢！"

东家说的是实情，那年头，国不泰，民不安，坐落在连绵不断群山之中的洪家寨倒显得几分难得的宁静。

佃户脸上便挤着笑，用颤颤的粗手递上东家多要的租金。

小红没有。小红家大口阔，上有七十多岁的婆婆，下有两个流着鼻涕的丫头，一个病秧子丈夫常年卧床不起，还哮喘。

小红低着头，手绞着褴褛的衣角，低声哀求东家再缓缓。

东家说："我已缓你们半年了，还再缓缓，不行哟！"

最后两个字东家说得很缓慢，轻飘飘地带着一股韧劲击在小红的胸口上。

小红颤了颤，长长的睫毛一眨，一串晶莹的泪水就无声地流了下来。"不过，只要你愿意……"东家边说边将一双又细又白的手搭到了小红的肩上。小红穿得烂，但长相秀气，虽奶了两个孩子，但胸脯依然挺鼓鼓的。小红一哆嗦，后退了一步。东家收回手，没有移动半步，依然是细声细语地说："那你就眼睁睁地看着他们都——饿——死。"

小红再也不敢后退了，双手捂着脸，呜呜地哭了。就在中午阳光最暖的时刻里，小红艰难地脱掉了自己的衣衫。

完毕，东家说"就再缓缓吧！"

风一冷，日头倏地沉了下去，天地间顿时暗了一暗。这是一处十字路口，路窄坡多，四面杂木丛生，此处离洪家寨只有五里路，也叫"五里坡"。东家正要加快步伐，不想已从枯黄的草丛中钻出三个人来。

三个人，三口刀，脸上还蒙着布，堵住了东家的去路。不用说，遇上劫匪了。

若论单打独斗，这三个人绝对不是东家的对手。三个都瘦瘦弱弱的，个头儿也不高。东家年幼时除了习文，也习武。虽是花拳绣腿，但足以防身。此时，面对三把白花花的刀，东家软了下来，浑身像筛糠一样抖个不停。

劫匪并不要命，只要钱。劫匪同样扒光了东家的衣服，只留下一条遮羞的短裤，并在东家的屁股上狠狠地踢了一脚，东家拼了命地往回逃。

从此，东家恨死了劫匪。每次只要听说县城里抓到劫匪，总要带上三四个人去瞧瞧，不管是不是劫他的人，都要参与痛打一番，直打得那些劫匪皮开肉绽，自己手脚发麻才罢休。

东家第二次遇到劫匪是在五十岁那年。

东家利用手中的钱置的家产越来越多，成为洪家寨说一不二的人物。但东家有件遗憾的事，就是万贯家财没有一个继承人。

东家娶了两房太太，大太太现已年老体衰，生了个女儿，叫香，十九岁了，在女子中学读书；二太太习惯性流产，怀孕已没有多大希望。东家便把目光瞄上了小红家的二丫头，一来冲喜过寿，二来延续嗣子。二丫头刚满十六岁，长得柳眉杏眼，水汪汪的。

这时的小红已虑老妇人了，婆婆虽已下世，可病秧子丈夫依然活着。小红淌着泪哀求东家。东家不急不躁地说："我不勉强你们，好好想想吧！"东家抬腿要走，二丫头扑在母亲身上，抽泣着含泪回答："我应了，我应了。"迎娶二丫头又定在一个秋天，吹吹打打的队伍走到五里坡时，乌金西坠，风一冷，日头倏地沉了下去。

东家心里一沉，掀开轿帘看看地形，十五年前的那一幕蓦地出现在脑海。不过这次东家已有了防备，除了有众多的家仆外，他还带了一个护院的门头罗师傅。

这罗师傅猛然看上去有点像书生，文质彬彬的，但会些功夫。一年前，罗师傅携二老逃难来到洪家寨，老父亲染病去世，因无钱安葬，罗师傅只好在街头耍拳卖艺，他一手单掌开砖的绝技吸引住了东家。东家便收留他为门头，并单独拨出一个小院安置罗师傅的母亲。

就在东家惴惴不安时，呼啦啦一声响，十多个手拿刀叉棍棒的蒙面汉子拦住了去路。

那些迎亲的队伍及家仆哪里见过这种阵势，吓得丢下花轿一哄而散，土道中间就留下了罗师傅和两顶轿子。

东家钻出轿子，整个人已瘫在了地上。前面，罗师傅已抽出一根抬轿的槓子同劫匪动起手来。

那罗师傅也确实了得，闪、转、腾、挪，棍扫一片。

劫匪见罗师傅难斗，一拥而上。东家趁机拖出二丫头溜进了草丛。罗师傅终究双拳难敌四手，激斗中，被一口大刀砍中大腿，顿时血流如注。劫匪将他摁倒，突然发现罗师傅裸露的前胸文有一个"虎头"，众劫匪大惊，一头目问："你可是象头山虎王刘一刀？"

象头山虎王刘一刀是几年前官府通缉的匪盗，他劫过富户，也抢过贫困人家，为人做事亦正亦邪。不过，近年来一直杳无音信。

罗师傅见问，摇摇头说："我师傅已经死了。不过，他劝我今生不要干坑人打劫的勾当。"

"哦，难怪这么厉害，原来是虎王的弟子，今天多有得罪，望多多包涵。"小头目一声呼哨，带着劫来的财物迅速隐去。

回到了洪家寨，罗师傅等待领赏的时候，东家却让他带家母速速离开。

罗师傅愕然了。

东家说："你是一个劫匪的弟子，我这里不能容你。你要不走，我就把你抓去见官。"

罗师傅环视四周，就见中堂下站了五个端着火铳的家丁。

罗师傅说:"我虽是劫匪的弟子,可我从未干过打家劫舍的勾当。请东家给个机会,只得老母下世,便离去。"

东家嗤地一笑:"什么话?我堂堂正正、声名显赫的清白世家怎能跟一个匪人共处一檐,若不是念你有功的分儿上,我早就让人把你给崩了。"

东家哼了一声,六个家丁"咔吧"拉上了枪栓。

罗师傅哀号了一声,丢掉手中还拄着的拐棍,拖拽上一条瘸腿,仰天发出不知是哭还是笑的嘶哑声,蹒跚出门而去。

东家第三次遇到劫匪是撵走罗师傅一年之后的事了。

确切地说,这次不算东家遇到,而是东家视为掌上明珠的女儿香遇到了。

为了给家人一个惊喜,香从女子中学回来时没有给家里报个信,而是一个人下车后,拎个皮箱兴冲冲地往洪家寨赶。

依旧是一个秋天,走到五里坡的时候,香吁了一口气,用双手擦了擦鬓上的汗水,歇歇脚。

乌金西坠,秋风飒飒,风一冷,日头倏地沉了下去。

香弯腰正要提起皮箱,就见眼前多了一双穿草鞋的脚。香吓了一跳,抬起头来,就看到一张蒙了面的脸。

香啊的一声尖叫,然而不等香再多喊出一个字,劫匪已捂住了她的嘴巴，把她拖进了草丛中。

香被强暴后，跌跌撞撞地跑回洪家寨。香对东家说，那人胸口上文有一个虎头，瘸腿。

东家的头顿时轰的一声响，好像被一闷棍击在天灵盖上。东家扑倒在地，再也没有清醒过来。

卖洋酒的老古

老古是卖洋酒的，面冷，话也不多。

按说在望角这个贫民区卖这类高档商品是选错了地点，但人家老古的生意却出奇好，主要原因就是他的酒货真价实。

老古的店名就叫老古洋酒店，专卖从国外进口的酒。主打产品就是法国的 Brandy，有人头马、轩尼诗、马爹利以及威士忌、兰姆酒和日本青酒等。

店不大，有十多平方米。左右两面墙上都用上青的玻璃装成酒柜。灯光一照，有一层薄薄的雾笼罩在酒瓶上，和瓶内淡黄的酒相互辉映，把店铺衬托出柔和的光。这就是上青玻璃的好处。

靠后墙挂了一幅山水画，是明清苦瓜和尚石涛的作品《莲花峰》。一峰突兀，似莲盛开。群山环绕，空阔渺小。当然，这是一幅赝品。但画中那豪放郁勃的气势依旧逼人。传统画，进口酒，一中一洋，店内熠熠生辉。

店门口还有一副老式对联，共八个字。左边是：童叟无欺；右边是：言不二价。用木板嵌在墙壁内。

这对联，牛！

老古的酒真在哪里？他弟弟在广州法国领事馆做翻译，懂几个国家的语言，认识很多外国代理商，通过这个渠道，可以直接从外国拿到真酒。为了卖酒，弟弟专门把老古送到法国培训三个月。

老古的生意做得风生水起，不必说过年过节要提前预订，就是平日里，同一种年限的酒想多拿一支也没有。有次，市委书记的秘书前来拿酒，要三支马爹利XO。老古说只有两支。秘书说："你能不能想办法再搞一支？"老古说："没办法，你要的话，三天以后再来。"

秘书气冲冲地走了。

这事刚好被三中校长莫家棠看到，他笑老古是大姑娘要饭，死脑筋。从其他地方转转手，就可以赚钱啦！

老古说："别的地方拿酒不放心。"

"你的意思是，全东江市只有你一家酒是真的啦？"莫校长钻起牛角尖。"我可没这么说。"

"那万一要从你这里买到假酒怎么办？"

"不可能。"

"我是说万一。"

老古说，"假一赔十，关门走人。"

莫校长嗤地笑了："在中国敢这样说话的比比皆是。真正能做到的，嘿嘿，一个也没有。"

老古不反驳，也不激动，很平淡地说了句："信不信由你。"

老古卖酒，也品酒。老古说："现在造假的人比鬼精（李大胡子）都还精，光看外包装有时是搞不定的。"所以，很多时候，在夕阳慢慢下坠的光晕中，我们看到老古很惬意地躺在一把竹藤椅上，听着音乐、品着洋酒。

能过上这种日子，夫复何求？

然而正因为会品酒，也让老古遭遇了不少麻烦。有的客人在别处买了洋酒，一喝，感觉不是那个味，几千元钱一支呢，丢了实在可惜，就拿来让老古品品。老古推辞不过，品了后，要么点头，要么摇头，从不张口说话。

这一摇头，一点头，其意自明。老古说他不说话是行规，他又不是质量监督局，没权发表肯定性意见。

但有一次江耳聋来了，非要老古说个明白话。

这江耳聋是个犟驴子，他为了感谢老连长对他的支持，请老连长到东江市最好的酒店奎星楼吃了一顿饭。菜点得不怎么样，都是些土菜。可酒，江耳聋要的是散装路易十三。土菜很对老连长的胃口，想想看，老连长什么样的豪华大餐没吃过，在五星级大酒店里吃点土菜，别有一番滋味。饭后临走，老连长感慨地说："什么都好，可惜酒是假的。"

江耳聋头皮顿时一麻，难怪最爱喝酒的老连长中午只喝了几口，就推说肠胃不舒服，再也不肯端杯了。

江耳聋找到中餐部经理，经理自然不肯承认酒是假的，还反诬江耳聋消费不起就不要到这里来装大爷。江耳聋气极，两人拉拉扯扯就来了老古这里。

老古尝了一下江耳聋带来的酒，没有言语。

江耳聋说："今天你一定要给个准确的答复，你不说，我就不走了。"

这一吵一闹，把旁边开店的几位老板都吸引过来了。老古就说："今天，我就教大家如何品酒吧！"这可把大伙儿高兴坏了。

他把江耳聋带来的酒倒进高脚酒杯里，有一撇左右（一盎司），然后用中指和无名指夹住酒杯高脚，双手紧捧酒杯，慢慢来回晃动。

老古说，这是利用手掌的温度给酒均匀加热。待会儿他喝下去后，会从鼻孔里长长舒出气来，大家闻到什么味，有什么感觉就请照实说出来。

围观的人齐声说好。

老古把大家的情绪调动起来后，就把杯里的酒慢慢倒进了口里，只见他微闭着双目，舌头在口腔里来回转动，腮帮子鼓了又鼓，好久才把酒咽了下去，然后把头伸向众人面前，把嘴里的空气用力向鼻腔里挤压出来，呼——

啊，酒味，浓！众人异口同声。

老古再从自己的酒柜里拿出了散装路易十三，同样的操作，然后呼出气来。

啊，香，香香！

不用再说什么，中餐部经理灰溜溜地走了。

老古的洋酒店越发名声远扬。

树大招风。

这一天来了三个年轻人，其中一个怀里抱着一支六斤装的洋酒。三人上身均穿黑色T恤，裸露出来的胳膊上文着刺青，一条张牙舞爪的龙。

为首的一个光头对老古说："在你这里买的酒，假的。"

老古躺在竹藤椅上，连身子都没起来："年轻人，有话请直说。"

"好，爽快。换一支酒，另外给兄弟们一点小费。"

"你们也爽快。这酒不是我的吧？"

"不是。"

"我要是不给呢？"

"嘿嘿。"其中一个刷地亮出了刀子。

"慢着！"老古坐直了身，"年轻人，别冲动，不要自己害了自己。这屋里的东西你们随便拿，包括抽屉里的钱。"

老古说完又躺了下去，脸上表情平静，像没有发生任何不愉快的事情。

三个年轻人互相看了一眼，拿起一支六斤装的洋酒，居然没拿钱就往外走。

走不多远，光头又返了回来。

"古老板，你是我出道以来遇到的第一个这么镇定的人。"

"想问原因？"

"嗯。"

老古抬头瞄了瞄天花板，光头顺着老古的目光往上一看，吓傻了，一只微型摄像头正对着光头的脸。

老古说："法国领事馆送的，带录音。"

光头彻底蔫了下来，向外招招手，乖乖地把酒放回原位。

从此以后，再也没有小混混来老古的洋酒店里捣乱。

就在老古准备扩大经营时，竟发生了一件意想不到的事情，从他的店里卖出了一瓶假酒。

买酒者是莫校长，很普通的一支人头马 VSOP，蕴藏期在四年以上，价值八百六十元。

酒喝了一半，莫校长说："老古，你看看，这酒是假的呢，我那深圳过来的亲戚说的，人家可是经常喝洋酒的。"

老古拿过人头马，看看封口，检查检查防伪标志，再仔细瞅瞅本店所做的暗号，一一印证，都不错，确实是自己的酒。

老古倒出一撇人头马，尝了一口，头大了，假的。

莫校长说："老古，都是一条街上的，我以人格担保，不会故意来讹诈你。"

老古说："莫校长言重了，这点，我心里有数。你等会儿，我就能查清这假酒的来历。"

老古给广州的弟弟打了个电话，说出现一瓶假酒，并把酒瓶上的密码数字报了过去。

不一会儿，弟弟回电：这酒确实不是直接从法国进口来的，而是一位朋友送给他的，本来想让他做鉴定，结果老古去拿货，顺手把这支酒也装了回来。弟弟还特意在瓶底做了个小小的记号。

老古一查果然在。

老古说："对不起啊莫校长，这确实是我们的疏忽。"说着打开柜子开始数钱。

莫校长说："你这是干吗？乡里乡亲，我怎么会占你这个便宜？"

老古说："假一赔十，我们承诺过的就要做到。"

"别这样，屁大个事，你千万别当真。"

老古住了手，望着莫校长。

莫校长看着厚厚一沓钱，语气一转："只要你承认是假的就行了。老古啊老古，我终于能从你这里买到假酒了。"

听莫校长这么一说，老古也笑了，声音冰冷冰冷的。笑声还没落呢，就见老古忽地从茶几上操起水果刀，只一下，把小手指头剁了下来。

鲜血刷地溅红了柜台。

莫校长吓得老脸刷白。老古说："不关你事，是我卖假货应该得的报应。这钱，你拿着吧！"

第二天，老古摘了招牌，关了档口。

只有门口那副对联还依旧醒目。

左边是：童叟无欺；右边是：言不二价。

钓　鱼

男人突然想起要去钓鱼，女人很是诧异。女人问："你会钓鱼吗？"男人心不在焉地玩弄着钓鱼竿，眼神显得很漠然。

男人手中的钓鱼竿很漂亮，是用钢化纤维做成的，有七米多长，一节套着一节，每节都绘有暗红色的花纹，握在手中，轻轻一抖，钓鱼竿的梢头就会突突地乱颤，弹性十足。

男人说："老板喜欢钓鱼。"

一刹那，女人玥白了，男人是钓翁之意不在鱼啊！

男人大学毕业后，被分配到一家行政单位做办事员，做了十多年依然是办事员。男人无不良嗜好，除了上班，就喜欢陪女人走走。那时男人年轻，对小城周围的荒山野岭、沟沟岔岔都充满了激情。两人牵着手，踏着花香，看日落月出，一副乐在人间不羡仙的样子。

女人劝男人："你年轻，要上进，不是说学而优则仕嘛！"

男人揽了揽女人杨柳般的小蛮腰，嘻嘻地笑，并顺口唱了一句《荡寇志》里面的唱词："我此来，须韬光养晦，再看天时。"

女人不懂，也不想懂。她就喜欢看男人自信、快乐的样子。

然而，慢慢地，男人的这份闲情雅趣越来越少了。每到休息日，男人不是看电视，就是约三五好友打打纸牌。好友都是普普通通的汉子，打牌图的是娱乐，不赌博，但斗嘴仗。有人戏骂男人书生气，要与时俱进，要及时改变战略，要多跟领导走，什么都才会有。男人边听边不亢不卑地笑。

偶尔，两人也会再出去走走。山也还是那道山，梁也还是那道梁，只是男人沉默了许多。男人一不爱说话，女人就找不到昔日那份美丽了。

女人了解男人，男人同一班毕业的同学，只要在政界混的，现在大都是处级干部了，而他这个当年是班长的人物到现在还是一个员工。男人不敢跟同学们聚会，每次接到邀请信，都会紧锁双眉，长吁短叹。女人搞不清这个处级到底是个什么处，怎么对男人那么重要。女人读书不多，但很善良，很美丽。当年在东江河畔洗衣服时碰上了男人，男人候船过江，但等船来来往往地开完了，男人竟没挪开步。男人对女人说："朝为越溪女，暮作吴宫妃，你是再世的西施呢！"

就这样，女人的手被男人牵住了。

女人很想为男人做点事，她不想看到男人憔悴不安的样子，她为以前自己要男人上进的话感到懊悔。女人问男人："你和老板要去哪里钓？"

男人正在和着面团做鱼饵，不知是因为忙还是没有听清楚，竟没有搭理她。

女人望着男人匆匆而去的背影，在门口呆呆立了很久。

一晃，从春到秋，大半年的时间过去了。男人竟没钓一条鱼回来。男人自我解嘲地笑："钓些小的，都放了。"女人也就跟着笑，一脸的湿困。

有时男人来了激情，将女人紧紧搂在怀里的时候，女人也柔声细语地劝男人："别钓了，人活一世，草木一秋，像以前那样过，不是很好吗？"

男人一听，停止了正在欢娱的动作。男人说："我是男人啊，我是一个不错的男人啊，怎么能只混到这个地步呢？老板是什么东西，沾上谁就会给谁传上一身狐臭的家伙，竟爬到我的头上来了，我上不去，就是死也不甘心的。"

说到狠处，男人的下面就想使劲地掀起高潮，可怎么动，就是提不起神来。

女人觉得男人真的好可怜。

中秋临近，正是鱼肥虾旺的季节，男人这次钓鱼的地方离家不远，在城西的小水库边。男人用的钓饵依旧是掺了香油的面团。女人在心里责怪男人："钓了这么久的鱼，怎么还是个鱼盲呢？"

女人自幼生长在东江边，是伴着鱼的腥味儿长大的。女人很想告诉男人：春钓滩，夏钓潭；秋钓阳，冬钓阴；一日要三迁，早晚要钓边。面食和香油，大多钓泥鳅。还有，钓鲫鱼要用活饵，鲫鱼不安分，钻下蹿上的，是个活跃分子。河虾、红虫、地香、玉米虫都是鲫鱼张嘴即食的美味佳肴。钓鲤鱼要用香饵，鲤鱼是鱼类中的宠物，要钓住它是得用点本钱的，最好用年糕粉、糯米粥掺上香精、曲酒、花露水做成饵，那是鲤鱼的最爱。钓草鱼要用素饵，一片青菜叶加上一条大青虫，浮在湖水中，保证不用打窝子，就能钓上憨头憨脑的大草鱼。钓黑鱼、甲鱼、鲇鱼最好用荤饵，贪食腥味是这些鱼的本性。

"男人啊男人，这些你都知道吗？你不投鱼所好，怎么能钓得起大鱼呢？"

女人感叹了一番，心里就涌出一种强烈的愿望，她要帮男人做一个精致的鱼饵，让男人钓起一条大鱼来。她爱男人，她希望男人像以前一样快乐起来。

　　女人说做就做，她买回来八角、南杏、小茴香、食母生、阿魏等，分别炒熟碾成粉末，然后加上蜂蜜揉成了团。这种诱鱼的秘方是她小时候经常帮父亲做的活计，隔了这么多年，做起来依然那么顺手。

　　女人脸上绽放出光彩，仿佛看到了一条又一条的大鱼被男人扯出水面。

　　女人找到男人的时候，男人正同一个秃了顶的男人在钓鱼。男人赶紧对女人介绍说："这是我的老板。"

　　老板看了一下女人，眼神一下子活跃起来。虽然女人赶紧低下了头，但女人感觉出来老板的眼神正从上到下、从里到外死死地盯着自己。女人的心就忽倏忽倏地跳个不停。

　　女人站在男人的身边，竟忘记了自己来的目的。

　　老板自女人一到，就嘿嘿地笑个不停。女人不知道以前老板是不是都这样笑。但这笑声犹如针尖在女人身上游走，扎得她浑身发疼。

　　半个月后的一个休息日，男人提前回来了。女人没有看到男人手里的钓鱼竿。

　　女人问："钓竿呢？"

　　男人兴奋得不知所措："升了，升了，我升了。目的达到了，我还要钓竿干什么。苦心人，天不负啊！"

一兴奋，男人就想发泄，他一伸双臂就把女人抱到了床上，女人却像截木头。男人感觉不出来女人的变化，他正在兴头上呢！

　　一下一下又一下，男人拼了命地撞击女人。这一次，男人找回了昔日的感觉。男人觉得痛快极了。就在男人完事后要穿衣的当口，男人忽然低下头来嗅了嗅："怎么有一股淡淡的狐臭呢？"

　　女人一惊，急忙应声道："哪里？我怎么闻不到。我刚刚放了一个屁呢！"

　　"哦，"男人站起身，长长伸了一个懒腰，"难怪臭臭的。"女人却不再答话，一扭头，两串晶莹的眼泪顺着脸颊落了下来。

佛眼通地

宋代以后，佛教盛行，连大一点的乡村都时兴建庙，这就给塑佛像的匠人带来巨大的商机。

话说惠州府出了一位塑佛像的高手，年纪已有六十岁，复姓上官，单字一个民。老头儿生得精精瘦瘦，一副弱不禁风的样子，但塑出来的佛像精美传神，活灵活现。他塑的罗汉大小如常人，根据不同的个性塑出不同的特征，有的沉静，有的豪放，有的随和，有的刚强，惟妙惟肖，不一而足。他塑的观音菩萨双手合十，坐于莲花，头部微倾，目光斜视，面露微笑，庄严法相之中透出亲切感来，往庙堂正中一放，熠熠生辉，让众香客顶礼膜拜，香火骤盛。

上官民的技艺高超，手下徒弟也多。大弟子敖安聪明伶俐，跟上官民已有八年，深得师父真传，塑出来的佛像形象生动，相貌逼真，大有赶超师父之势。由于弟子众多，上官民基本上不再干活，整天趿着拖鞋，东瞅瞅，西看看。只有在每一尊佛像快要塑完的时候，他才焚香更衣，亲自下手修缮一番。分工钱时，上官民独揽大头，而作为大弟子的敖安上要照顾师父，下要监管众师弟，白天做工又多，到手的工钱只有师傅的一小半，心中很是不平。

有了这种心态，敖安做工时也不像以前那么细心了。这天，他刚塑完一尊罗汉像，上官民过来说："你塑的佛像眼睛上翻，内含怨气，这不符合佛家意境，要立即更改过来。"敖安懒得费事，争辩道："眼睛上翻，不正说明了佛眼通天，佛法无边吗？"上官民听得一怔，沉吟了一会儿，才对敖安说："佛也是人做的，虽睥睨万世，但以慈悲为怀。你这样塑下去，恐怕再有两年也难出师啊！"

听师父这样一说，敖安不敢再强嘴了，只得乖乖地重新塑起。

进入夏季，西湖边的元观庙需要重新扩建。住持明净来请上官民前去塑像。恰逢上官民随其他弟子外出购料，不在家中。敖安接待了明净。一看清单，仅一个大殿的几尊主佛就可赚到五十两银子，这让敖安怦然心动。他眨了眨眼睛对明净说："近日我们较忙，住持可否另请高明？"明净双手合十，朗朗回答："方圆百里，塑像虽多，可上官施主首屈一指，只有请得到他，元观庙才能开工的。若你师父太忙，派你前去，我们也是热烈欢迎的。"敖安听完，连连点头称谢。

送走明净后，上官民回来了，听完敖安的禀报，很果断地说："元观庙是惠州府第一大庙，作为府地的子民，一定要把它修好，修出水平。"当天，上官民便吩咐众弟子准备工具开赴元观庙。

经过半个多月的紧张施工，一期工程按时顺利完工，大殿的如来佛、文殊菩萨和普贤菩萨已经塑好。按照计划，众弟子稍作调整和休息，接下来应该塑四大天王和十八罗汉。为庆祝这个阶段性的胜利，敖安自个儿掏钱买来客家米酒犒赏众位师弟。上官民也挺高兴，感觉敖安越来越有人情味，不知不觉多喝了几杯。这晚，大伙儿很尽兴，一直喝到三更才散席。

再说上官民回到偏房刚躺下，就觉得窗外有人影一晃而过，轻巧的脚步声移到了隔壁储藏室的门口。那储藏室里放的都是庙里的贵重法器，有时塑佛像要用法器来做比例，故此，储藏室的钥匙就由上官民来保管。虽然上官民喝了一些酒，但不是很醉，听声音他就知道来了窃贼。急忙披衣而起，从床头操起一根木棒，拉开门闩就看到了一个蒙面男人。那贼人见行踪败露，扭头往侧门跑去。上官民仗着酒胆，喊了一声："往哪跑？"随后追了出来。

侧门外是个陡坡，平时走路，上官民都小心翼翼的，这时为了追贼也顾不了许多，他一脚踏上去，顿感滑溜溜的。他追得急，惯性就大，脚下一滑，整个身子就如同抽了柱子的梁一样，轰然摔倒在地。真是太不巧了，上官民的头竟磕在一块青条石上，顿时晕死过去。那窃贼见上官民倒在地上，摘掉蒙面的黑巾，发出一声奸笑。这人竟是敖安。

原来，这敖安对师父心存不满，总认为自己艺已学成，上官民不让出师，是在白白赚取自己的劳力。这次又看到元观庙出这么高的价钱请师父塑像，心中就起了害师之心。师父一死，自己不但可以当上老大，而且方圆百里再无对手，比自己出师后另立门户要强十百倍。为置师父于死地，他先在米酒中下了一种慢性毒药专门斟给师父喝，然后又在侧门的斜坡上淋上豆油并横放好青条石，他则扮成窃贼引师父出来，造成上官民酒后失足摔死的假象。

这一切做得天衣无缝，上官民临死的时候还紧紧拉住敖安的手，嘱咐他要看好众师弟，并断断续续地交代："要记住，佛……眼……通地，才有灵气。"

上官民死后，敖安做了大掌柜，他一下子继承了这么多的财产，喜得心花怒放，做起工来也格外卖力。三个月后，所有的佛像都塑造完毕，涂上油彩之后，个个雄伟壮丽，鲜艳夺目，赢得明净住持和庙里众人的一片赞叹声。

敖安暗地里算了一下账，这次完工之后，他一个人就可以落下几百两银子，乐得他在梦里都要哈哈笑几声。然而没过三天，除了先前上官民亲自参与塑的三尊菩萨外，所有佛像的肚皮通通炸裂。这可是从未出现过的稀奇事，敖安又慌又惊，三伏天里手脚发凉，浑身出满冷汗。他以为是生灰和泥浆黏稠度不够，重新调整好原材料，把佛像的肚皮补上，没想到两天后再次炸裂。这下敖安的损失可就大了，二十二尊佛像不仅推倒重来，而且要赔偿元观庙的名誉损失。住持明净用很阴郁的目光盯得敖安心中发虚。明净说，若再破裂一次，庙里将不付一文工钱，还要将他们告上官府。这一军将得敖安差点儿崩溃，虽然他心中有鬼，但他并不信神，这些佛像都是他亲自塑的，太熟悉了，就没有那种神秘的崇拜感。

难道师父临死还留了一手不成？为了弄个明白，趁天黑，敖安找来撬工搬开了由师父参与塑的三尊菩萨。敖安从上到下，左摸右摸，细瞧来，细瞧去，也没发现什么异常。他叹了一口气，正要把佛像移回到石座上，突然发现了一个秘密。原来，这两尊佛像下面都有屁眼。而他塑的佛像个个都是没屁眼的。难怪师父临死时说，佛……眼……通地，才有灵气。想想也是这个道理，佛是人修炼成的，一个人一生若只吃不出，任肚子再大也会憋死的。

这一发现让敖安高兴得手舞足蹈，人一得意就忘形。

敖安这一松手，佛像还倾斜着没回位呢，顿时倾倒下来，不偏不倚把敖安砸在身下。这就应了那句"多行不义必自毙"的古话了。

死前，敖安良心发现，告诉众师弟："佛也是人做，塑佛要先学会做人，谁要是做了没屁眼的事，就不得好死。切记，切记。"

街　坊

　　红花口是一个不起眼的小镇，地形像一把镰刀，镇政府就坐落在镰刀头上。

　　镇政府后面有两条街，一条卖菜，一条卖小吃。两条街的交叉处住有两户人家，靠手艺吃饭。东边的叫洪老三，靠修自行车为生；西边的叫方士仁，专门定做各式各样的牛皮鞋。

　　两家都来自江西，喊老表，很亲热，走得也很近。

　　方士仁能在红花口安营扎寨，多亏洪老三。

　　那年，方士仁听说南方皮鞋生意好做，就带着老婆来红花口找点商机。不想在火车上被人拎了包，不但丢了钱，也丢了所有的证件。到红花口后，经老乡介绍，认识了洪老三。

　　以前洪老三是一家国营机械厂的技术员。车床、刨床、铣床样样精通，因参与一起制造假钢印案件坐了牢，出来后，无颜待在家乡，就随打工的大军来到南方这个小镇。

洪老三修单车，代办假证，日子过得很顺畅。办假证，他有自己的原则，假证一定要真。这话让老表们听起来很搞笑。洪老三解释说，就是真人真事，只不过真的证件丢了，为解一时之急，才办假的。其他的，比如不是记者的办个假记者证、不是军人的办个假军官证，免谈。

方士仁找洪老三就是要办个假身份证，没有身份证，他开不了店。方士仁来时，正赶上洪老三修车高峰期，补胎的、充气的、校圈的、换零件的，嘈杂一片。方士仁是手艺人，眼里有活，见洪老三忙，赶紧挽起袖子打打下手。这就给洪老三留下一个很好的印象。

有老乡做证，洪老三只用了一天工夫就给方士仁办好了假身份证。方士仁一看，这假的简直跟真的一模一样。当时方士仁心里一动，想跟洪老三学办假证。这玩意儿来钱容易，有市场。

洪老三把头摇得像拨浪鼓一样，连说："不可不可，这是违法的事呢！"

方士仁想，求财不能性急，要慢慢来。于是就在洪老三档口的旁边租赁了一间房，由洪老三担保，免收押金，开起店做皮鞋生意。

两个老表聚在一起，自然是无话不谈。生意不忙时，各炒一个小菜，凑在一起就喝酒。

但只要方士仁问到办假证的事，洪老三就缄口不语。方士仁说："老表，这是市场经济，有钱大家赚，你告诉我一些门道，我帮你拉生意。"

洪老三只是摇头，不点头。方士仁心里就不愉快，暗骂洪老三吃独食。

转眼一年就过去了。方士仁的儿子方猛从内地来红花口打工。这方猛十七岁，爱吃爱穿爱玩，很花。方士仁托人给方猛找了一份在银行干保安的工作。但人家要的条件比较高，一要高中毕业，二要退伍军人。方士仁拍着胸脯保证他儿子样样合格。

晚上，方士仁把洪老三请到家里，先喝酒，后讲话。方士仁说："老表，这是关系到孩子前途的事，你一定要帮帮忙。就两个假证，要多少钱都行。"方猛也过来敬酒，左一个大叔，右一个大叔地叫，叫得洪老三不应承下来心里就如同犯罪一般。

这时候，有位客人来买皮鞋，掏钱时不小心散落了一张伟人头。方猛看见后，忙走过去，装作拿鞋盒，一脚踏在钱上再也不肯转身。等客人离开，一把抓起钱塞进自己的口袋。这一幕被方士仁和洪老三瞧得清清楚楚，方士仁没言语，继续劝洪老三喝酒，喝酒。

回到家里，洪老三翻来覆去一夜没睡好。

第二天，方士仁来取证件，洪老三吞吞吐吐地说做不了。方士仁急了，问："为啥啊？"

洪老三说："老表啊，银行那地方不是一般人能待的，你儿子确实没那个材料，最好别去，我是怕他去了反而害了他。"

一席话气得方士仁差点儿没把唾沫吐到洪老三脸上："死了你张屠户，难道我还吃带毛的猪！"

方士仁又找了一家办假证的，没几天，方猛就到银行去上班了。从此，方士仁再也不理洪老三。

几个月后，方猛果然出事，这小子竟和几个人密谋抢劫储户，被公安抓个正着。

洪老三得知这一情况后，赶紧去安慰方士仁。看到洪老三，方士仁脸都是青的，双眼散发出冰冷的光。洪老三刚想开口说几句宽心的话，方士仁已不耐烦地挥挥手，你走吧，我们家再也不想听到你的乌鸦声。

洪老三脸部肌肉一阵痉挛，转身慢慢走回自己的档口。

次日，洪老三正忙的时候，忽然来了两个警察。警察说："你是洪老三吧，你涉嫌造假证，请跟我们走一趟。"警察边说边出示了一个证据，那是一张身份证，上面微微笑着的头像正是方士仁。

游戏背后

吃完饭，天还在亮着，乡村的太阳像个没玩够的孩子，攀住西山崖子不肯松手。

大伙儿喝了一点酒，脸红了，脖也硬了。趁老根叔拾掇碗筷的当儿，麦子哗地把一副纸牌扔在桌子上："来，诈金花。"

这是一种扑克游戏，三张牌，比大小，对子胜单挑，清一色为金花，最大是"炸弹"，三条 A 自然是无冕之王。当然，游戏是要带六的，玩的就是心机，玩的就是胆。大伙儿请良子一起玩。老根叔说："他哪会这个，你们来，你们来。"

良子在城里当局长，这次路过故乡，车子抛锚了，才到家住一宿。他爹老根叔喊来麦子、芋头等从小跟良子一块儿长大的伙伴凑凑酒兴。

芋头说："小赌怡情呢，谁要是告了你，我去替你坐牢。"

麦子和大伙儿就哈哈地笑。良子被大伙儿的笑声感染，很爽快地坐了下来。老根叔也停下手里的活，站到良子的背后。

　　良子是聪明人，几圈下来，已成为一个很会叫牌的高手了。有时，良子来了三张很臭的牌，但他不动声色，一个劲地向上面押钱。还直言相告大伙儿多跟进，他想送钱呢！越是这样，大伙儿越是怕，麦子和芋头察言观色，盯了良子老半天，只看到他眼里是一片大海。两人吁一口气，纷纷丢牌投降。等翻开一看，果真，最大是个十点，惹得大家懊悔连天。

　　数十圈已过，桌上只剩下麦子、芋头和良子三个人了。麦子的"诈龄"有十多年，在赌桌上有"常胜将军"的雅号，虽说没有达到隔山见物的境界，但他快速的反应能力，一般人还是望尘莫及的。见良子赢得顺风顺水，麦子丢给芋头一个眼色。芋头明白，要打配合仗，只要两人不开牌，达到最高极限，良子自然就会丢牌。这就叫二打一。果然，两人联手，扭转了局势。连着五圈都是麦子赢了，麦子高兴得哈哈直笑。良子也笑，趁麦子不注意，良子把面前的零钞推了一部分给芋头，芋头的脸立刻红得像火球。

　　第六圈后，形势急转，芋头不再和麦子配合，三家单打独斗，良子轻而易举又成了赢家。

第十五圈的时候，麦子连翻出两条 A，最后一张他不再看。麦子的意思很明白，这两条 A 已是不小了，你们赶紧投降吧！没想到此时良子也丢给了芋头一个眼色，两人均不看牌，跟着蒙下去。麦子急了，看看底，果然是三条 A，无冕之王啊！可良子和芋头死死咬住不开牌，到了封顶线，麦子只得弃牌。这次惨败，都是因为芋头做了"叛徒"，麦子恨不得把芋头丢到锅里煮烂了喝汤。

第十八圈，轮到麦子发牌，得意的良子也翻出前两张牌，不大，一个七点，一个老板。第三张时，麦子手腕微微一侧，他看清了是一个三点。良子说："这是最后一把，大伙儿开心点，谁胜了，这钱都是你们的。"

围观的大伙儿都齐声喝彩，老根叔也拉了儿子一下，那意思是警告他面前两张牌已经很小了，不能太大意。但良子毫无反应，让麦子和芋头赶快下注。

芋头胆小，跟了三圈就自动退出。麦子心里有数，直到良子将面前的钱全部押完，他才开牌。麦子是一对小天鹅，赢了。

但麦子并不开心，要是最后一把不作弊，他会和芋头一样提早退出来。等大伙儿走后，他擂了良子一拳："老实交代，你这个新手赢的奥妙在哪里？"

良子打着酒嗝说："兄弟，我们是一家人不说两家话，其实诈金花的精髓很简单，我总结出三句话：一是见风使舵，变化要快。能哄就哄，能骗就骗，真假互动，比如我刚开始赢你们时，就是说真话，做假事。二是小恩小惠，收买人心。你和芋头联手，我看出来了，但我私下给芋头一点钱，就把他收买过来。这年头，有钱能使鬼推磨，更不要说人了。三是打肿脸也要充胖子。最后一把，我翻第一张牌已经知道自己错了，此时我若悔改还来得及，但既然我说了要翻两张，就算前面是火坑，我也要跳下去，因为这是关系到我脸面的问题。我跳了，表面上我输了，其实我赢了。因为我没有损失一个子儿，输的钱都是大家的。而我兑现了诺言。这不更加树立了威信吗？"

一席话让麦子佩服得五体投地，连呼："高，实在是太高！"而老根叔却听出一身的冷汗。

眼 光

　　西城虽小，却占了两位名人。一位是靠做生意发家的王老大，一位是在书法界赫赫有名的柳佰通。

　　新办公大楼落成，王老大想请柳佰通为公司题名。可王老大知道，柳佰通比较清高，一般的暴发户他是瞧不起的。公司若不请柳佰通题字，肯定会惹众人耻笑；若亲自登门，又怕拒绝。思来想去，王老大叫助手从后院里搬来一瓮米酒，然后修书一封，送到柳佰通的家。

　　王老大助手走后，柳佰通的儿子柳如看到那瓮米酒，说："那么廉价的酒也拿来送人。"

　　柳佰通没有吭声。那个瓮确实难看，大肚不圆，瘪着个嘴，颜色也不鲜亮，还有许多毛刺。柳如说："爹，他看不起你，你也不要尊重他，这字由我来写，应付一下吧！"

　　趁柳如写字的工夫，柳佰通打开瓮的封口，用小勺取出一点酒来。那酒一入口，顿觉酱香突出，辣中带着甜，甜里藏着绵。哑舌细品，酒体醇厚，幽雅细腻，回味悠长。

这酒的质量绝对不亚于茅台。

柳佰通明白了王老大是在暗递信息：任何东西都不能以外表来判断好坏。柳佰通让柳如也过来品尝一下，柳如只喝了一口也称好酒。"怎么办，你重新写一张？"柳如问父亲。"不，他能考验我，我也要考考他。"柳佰通微笑着把儿子写好的字折叠起来装进了大号信封，写上地址，让儿子投到信箱去。

三天后，王老大收到柳佰通回信，助手们纷纷围上来观看。王老大展开宣纸，差点儿没把大伙儿鼻子气歪。那几个"王老大实业有限公司"写得毫无骨力。

王老大叹息一声，一屁股坐到老板椅上，忽觉屁股底下有硬物，他摸出来一看，正是那个撕开的大号信封。王老大怔了怔，对助手们说："就用柳佰通的字，快叫广告公司准备，按时举行揭幕庆典。"

助手们不知王老大葫芦里卖的什么药，认为他崇拜名人崇拜疯了，这样的字也敢挂？

揭幕仪式那天，公司门口被围得水泄不通。大红的绸缎将招牌包裹得严严实实。柳如听说王老大用了自己的字，真是又惊又喜。惊的是王老大那么没眼光，喜的是自己这次可出尽了风头，便请求父亲一同去看，柳佰通爽快地答应了。

中午时分，红在被王老大慢慢揭开，顿时，会场一片欢呼，那招牌上的字写得遒劲自然，笔法精致，真有一种"龙跳天门，虎卧凤阁"的风采。

柳如愣了，这的确是父亲的笔迹，王老大的助手也糊涂了，都把狐疑的目光投向了柳佰通。

柳佰通呵呵一笑，握住王老大的手说："你呀，真是一个有眼光的商人，佩服佩服。"

原来，王老大采用的是柳佰通亲自书写在信封上的字体。

小儿无赖

咯咯，咯咯，母鸡一叫，整个小山村便活跃起来。一束束炊烟次第升起，随着清风很慵懒地在屋顶上空飘来飘去。

太阳还有点斜，把火龙叔的身影拉得比他长了一把。火龙叔手里拿着勺子，蹲在炉子旁边准备往锅里添香料，还一边看院子里两个小孩做游戏。

两个小孩，一男一女。女孩叫玛丽，蓝眼睛，金头发，高鼻梁，白皮肤，是火龙叔大儿子的养女。不久前从美国回来，今天正好是她的生日。按照夹河湾的风俗，要吃五香茶叶蛋呢！

男孩叫壮壮，虽然和玛丽同年，都是七岁，但看上去要比玛丽小了很多。壮壮是黑眼睛，黑头发，黄皮肤，是火龙叔小儿子的崽。

火龙叔揭开锅盖，立刻冒出一股扑鼻的香味。白壳的鸡蛋被沸水顶得翻来滚去，正慢慢地变黄，一道道破了口的裂缝抿着嘴儿接受五味香汁的滋润。

茶叶蛋儿香，火龙叔心眼里甜。

想当年，大儿子留学美国要娶一个洋妞做老婆，刚开始时，火龙叔的老伴挺不愿意。老伴说："咱们的孩子，干吗要娶那大屁股、大嘴巴的洋女人？"

火龙叔就说："女人头发长，见识短。啊，只兴中国女人找洋老公，就不兴中国男人开洋荤啊！"

火龙叔说话很有点像一些当官人的腔调，一句话里总要带上这个"啊"的。

火龙叔只担心一个问题，他问儿子："啊，这个外国可以离婚不？"

儿子笑他老土，都什么年代了？火龙叔脸一红，一挥手，像下了很大的决心说："这个，就这么定了。"

那口气好像是他要做洋女婿似的。但让火龙叔没想到的是，他的洋媳妇并不想生小孩，儿子也不勉强，说是尊重人权。火龙叔老两口气得暴跳如雷，可人家远在天边，你又能咋的？

直到抱养的玛丽渐渐长大，火龙叔老两口的心才慢慢平静下来。

两个小孩正在玩"翻叉"的游戏，一条红线绳在十个手指头上翻来翻云，变幻着不同的几何图案。谁翻输了就要让对方亲一口，并且唱个歌。玛丽中文里夹着英文，说得不中不西，惹得火龙叔时不时停下手来，乐个不停。

第一回合，玛丽就输了。玛丽睁大了眼睛等待着壮壮来亲吻自己。壮壮的脸腾地红了。做游戏前的规定好像是随口答应的，等到要真正兑现时，壮壮有点难为情了。

"Kiss，Kiss me."

玛丽见壮壮低着头，红着脸，动也不动，就主动地凑到壮壮的跟前："Dear，亲亲我呀！"

"不！"

"No？ What？ 为啥呢？"

"我是男的，你是女的，不可以亲的。"

壮壮的鼻尖竟冒出了汗，看得火龙叔都忍不住要笑出声来。

"那我亲亲你好吗？"

"更不行。"壮壮赶紧退后一步，生怕玛丽会将一张大嘴巴贴到他脸上来。玛丽笑了，咯咯的，像那只刚下了蛋要向主人表功的小母鸡。

"那你唱个歌吧！"不待壮壮开口，玛丽倒先唱了起来：

　　我要像小鸟一样飞向天上，

　　去把那太阳抱在胸膛。

玛丽一唱，壮壮也不甘示弱。壮壮唱：

小白兔，白又白，

两只耳朵竖起来……

火龙叔这次可真的憋不住了，他嘿嘿一笑，又有些伤感，不禁自言自语地唠叨了一句："唉，看看这孩子，啊！"

两个孩子唱得正起劲的时候，玛丽急忙摆手让壮壮停下。壮壮顺着玛丽的目光往院墙边一看，原来一对正在交配的狗吸引了玛丽。

那两条狗一黑一白。白狗正爬在黑狗的身上，屁股贴得紧紧的，长长的舌头不时地耷拉在外，喘着粗气。

"流氓。"壮壮一见，捡起地上的一根竹竿就去打狗。

"No."玛丽急了，忙拦住壮壮，"Make love，它们在做爱呢！"

壮壮一闪，竹竿已订到白狗的身上。白狗受了打，从黑狗身上滑下来，但两条狗的屁股依旧连在一起。

玛丽拦壮壮，壮壮躲躲闪闪地打，并且一次比一次狠。壮壮骂："流氓，我打死你，打死你。"

白狗叫，黑狗也叫。

玛丽尖嗓子喊："你不能打它们，它们在做爱，你懂不懂？"

在一旁的火龙叔听到了，心里顿时一震。这孩子，怎么一点点就知道那是……

"做爱"两个字，火龙叔就是打死也不敢说出口的。

狗被打急了，紧连的屁股终于慢慢松开了。白狗一得到解脱，立即就把愤怒撒到两个小孩身上，它龇牙咧嘴地朝离它稍近的玛丽奔来。

火龙叔一看，吓得连吆喝声都忘了喊出口。然而，让火龙叔意想不到的是，就在这危急关头，玛丽把她身边的壮壮往前一推，挡住了袭向她的那张狗嘴！

"哇——"壮壮一声惨叫。白狗袭击成功，扭头就跑。

当啷一声，火龙叔的大脑里一片空白，手中的勺子木然地落下，正砸在煮着五香茶叶蛋的锅盖上，发出一声瘆人的声响。

门

中午时分，男人带着女人走到了第九层楼，才站住脚。

男人说："到了。"并伸手去拉门。

女人感觉很惊奇："你的门不锁吗？"

男人哈哈一笑："光棍们住的房子，典型的脏乱差，谁进来干啥？再说了，这门锁有点问题，经常发神经。"

女人盯着那扇门仔细看。这门，从外表看很漂亮。是几年前街上流行的那种防盗门。门壁厚，立柱粗，既高大，又结实。门的一侧装有集成锁，可上下插住，也可向能打开的一边紧锁。这门确实很高级，可惜不实用，坏了，只能做做样子。

拉开了防盗门，又是一扇木门。木门同样没有锁，手一推就开了。屋内很简陋。三房一厅，住着男人和他的同事。

这房子是单位分给男人的宿舍，虽然男人结了婚，但离家稍远，有十多公里路。老婆不在身边，也算是一条

"假光棍"。为方便工作，单位就给了这么一个合住的"小窝"。

进了屋，男人让女人随便看看，自己则钻进厨房里为女人煮饭。

自从认识女人后，男人就想给女人煮餐饭吃。男人爱女人，爱得神魂颠倒。女人也爱男人，常躺在他的怀里憧憬未来。男人曾听一位知名人士讲过，真爱一个女人，就请给她煮餐饭吃。当然，这话是对热恋中的男女说的。男人觉得现在他就是处在热恋中，幸福得要发晕，幸福得找不着北。

然而真要亲自动手煮餐饭吃也不容易，毕竟两人都不是自由身。好在上帝总是偏爱有情人。这天，机会来了，男人的同事休假半个月。同事一走，男人就把女人领到这个家里来。

男人在厨房里忙，女人也不闲着，帮男人搞卫生，擦桌子，抹凳子，洒水，扫地。一会儿，就清理了一篓子垃圾。

男人给女人煮莲藕焖饭。这是男人拿手的厨艺。把莲藕切成条，配上五花肉，炒至三成熟，再把已煮好的米覆盖上面。先用大火猛攻八分钟，再转小火舔着窝底慢慢烧。待到窝内米粒啪啪炸响，香味四溢的时候，这饭就焖好了。

男人满怀信心地把莲藕焖饭端了上来，可惜女人吃得很少。

男人略微有些失望。男人问："不好吃吗？"

女人歉意地一笑，说："很香。只是第一次这样吃，有些不习惯。""哦！"男人说，"慢慢就好啦！"

男人吃得很多，一连吃了三碗，并且把煮米的汤也喝了。

女人望着男人一下子隆起的肚皮，呵呵直笑。女人的笑声很甜，很灿烂，脸也红扑扑地泛着阳光。

男人激动起来，丢下碗，一把抱起女人，扔到了自己的小木床上。

虽说两人已好了很久，但这次的感觉真的不一样。这次是在家里，两人共同劳动，共同担当，共享天伦之乐，不像在宾馆有诸多的顾忌。所以，男人越战越勇。直到两人汗流浃背停息下来，那小木床还在继续发出痛苦的呻吟。

女人掐掐男人的鼻子，幸福得像窗外盛开的英雄花。

等两人收拾妥当，要出门时，一件意想不到的事发生了。

防盗门再也打不开了。

防盗门是女人锁住的。女人在男人宽衣解带时，从床上溜下来，把所有的门锁都拧了个结实。虽然男人说过，到他这里来很安全，但女人仍不放心。她要把门锁牢固，才能放松地躺在床上。

没想到这一锁，却怎么也打不开了。

男人绞尽脑汁想办法，并使出吃奶的力气，左拧右晃的，锁舌仍纹丝不动。

男人想到了砸门。女人摇摇头。这一砸门闹出的响声可就太大了。万一砸不开，再有好事的邻居报了警，那就彻底麻烦了。

女人不希望这样。她让男人再想想办法，最好能悄无声息地解决。男人想了想，说自个老婆手里有一把备用钥匙，从外面可以打开。以前也曾出过这样的事，就是这样解决的。

女人一听，沉吟良久，用极低的声音说，"那就这样吧！"

男人掏出手机，翻查老婆的电话。女人望着紧固的防盗门，幽幽地又说了一句："真没想到啊，这门，进来时很容易，想走出去却这么艰难。"男人听完，一时间，竟不知道手中的电话到底该不该拨出去。

老木的爱情观

老木是个捡破烂的。

老木在北方的农村混不下去，三十六七岁，还是一条光棍，村民们都说化孬，连小孩看他的眼光都怪怪的，有点像尖刀，剜得他又黑又瘦的脸颊生疼。于是，他就跑来南方这个小镇谋生。

老木的全部家当就是一部破旧的三轮车。三轮车上放了很多废弃的塑料绳，红的、绿的、白的，一根根长短不齐地系在车沿上。这些绳子对老木都有用，比如说扎一下蛇皮口袋，或者把塑料绳一根根地接起来捆绑货物。所以，老木只要看到地上的绳，不管长短，都要把它们捡起来。

老木的车一跑，塑料绳就随风飘舞，很有些威风凛凛的样子。

老木收些废纸、废铁、酒瓶、易拉罐什么的。只要是别人丢弃的，老木都收。老木听别人说，垃圾是放错了地方的宝贝。老木深信不疑，就把这话当成宝贝四处向别人炫耀。有哥们儿不信，就问老木："玻璃碴子要不要？"

一问出嘴就后悔，玻璃能卖钱呢！又问："喝水用的一次性纸杯要不？"老木说："要，积少成多俺当纸卖呢！"

哥们儿翻翻眼睛，左转右转，突然问道："烂老木（柴）你要不？"

"要。"老木回答得更爽快。

"你要烂木柴干啥？"

"嘿嘿，俺送给秋二婶。"问的人顿时傻了眼。

秋二婶在开发区路口摆了一个炸馍摊。这种炸馍在北方比较常见，就是把面粉发酵后，经过使劲揉搓，把整团面和得精溜溜的有神，掉到地上不沾灰才算好。然后，抻成一个个长条，放到沸腾的油锅里一炸，顿时喷香诱人。它的做法很有点像炸油条，只不过油条的面粉不用发酵，只需要兑上碱和明矾。

开发区外来工多，秋二婶的生意自然好。秋二婶炸馍摊就烧柴。秋二婶说烧柴炸出来的馍就是香。

秋二婶泼辣能干，但嫁了个丈夫是个赌棍。一天二十四小时，除了吃喝拉撒睡，就在麻将桌上。赢了不知钱在哪儿，输了就问秋二婶要，不给就打。秋二婶气不过，背地里就有了出格的举动。

老木才认识秋二婶时自然不知道这些。秋二婶一家比老木早来两年，两人一搭腔，就知道是老乡，显得格外亲热。

老木就把举手之劳捡来的烂木柴送给秋二婶。稍有空闲，还帮秋二婶添把柴、称称馍、收收钱。这样帮着帮着，老木就成了秋二婶的相好。

刚开始，老木心里很慌。他觉得对不起秋二婶，更对不起秋二婶那个赌鬼丈夫。虽然那个赌鬼丈夫不像男人，但这时能无缘无故地揍老木一顿，老木才觉得好受。

时间一久，老木感觉到秋二婶的相好不止他一个。老木心里就有点戚戚然。

一天中午，老木看到秋二婶从剃头老闫的出租屋内出来。虽然头发乱乱的，但一脸红晕。

老木就在拐角的地方截住了秋二婶。秋二婶反问：“一个男人对一个女人有恩，女人该怎么办？”

老木吭哧了半天，答不出来。

秋二婶倒轻轻地笑了。她刮了一下老木的脸，又问：“你爱不爱俺？”

老木想也没想，张嘴就答：“爱！”

秋二婶轻轻亲了他一下，很愉快地走了。

老木依旧送柴、帮忙。

秋二婶依旧同几个相好的来往。

初冬的一个半夜里，风骤雨急。虽说南方气温高，但这天气不寒也冷。秋二婶的儿子兵兵小便时忽地尿起血来，疼得只有十岁的小孩哭爹叫娘，脸色发白，慌得秋二婶赶紧去找麻将桌上的丈夫。谁知丈夫正输得心慌，没等秋二婶张嘴，就一脚踢过来。秋二婶捂着肚子流着泪在外面转了半圈没有个结果。最后秋二婶拍开了老木的门。老木一骨碌从被窝里爬起来，趿着鞋，冒着雨，蹬着车，将秋二婶娘俩送到了医院。

兵兵是尿道结石堵塞，急需碎石，幸亏老木带来了所有的积蓄。

安顿好兵兵，天空已放光。秋二婶的情感闸门也彻底奔放开了。秋二婶靠在老木的肩上说："老木，你心好，不像其他男人只想玩弄俺，俺爱你！"

老木说："俺也爱你。"

秋二婶就抬起头来直视着老木："那俺就铁了心去离婚，你就娶俺！"老木却摇摇头，不再吭声。

"那……你是不爱俺？"

"爱！"

"那你为啥不娶俺，嫌俺？"

老木脸色严峻，还是一声不吭。

哇的一声，秋二婶哭出来，伸出手对老木又是撕又是挠的，惊动了不少人来劝架。老木却一动不动，任由脸上留下道道血痕。秋二婶号啕着跑了出去。

有哥们儿问："为啥呢？"

问急了，老木才说："她有很多相好的，俺爱她不觉得丢人。可她要跟俺，就是俺的老婆被很多人干过。这个脸，俺丢不起。"

哥儿们就说："球！现在都什么年代了，谁还计较这些。再说了，你不是什么破烂都要的吗？"

"不！这不一样。"老木说的声音虽小，但很有力。

回故乡

我的故乡叫夹河村。

村前有条河，从东往西流。村后也有条河，同样从东往西流。两条河流着流着，就流到了一起。你缠我绕，互相掐扯着向北流。夹在两条河中间的村子就是我的故乡。

河不大。准确地说，应该称为小溪或小河沟。冬天缺水，河床最窄处可一跃而过。河虽小，但水有点野。在平缓处也倒腾出许多浪花。以前，每到夏季，前、后两条河总会带走一些人。

河两岸常见的有杨树和柳树，粗枝大叶，一地荫浓。还有些灌木、野花，旺旺地长。村子就在这杨柳飘摇中，一岁添一岁地换着颜色。

我从南方回到县城，堂兄为我接风。

好多年没见堂兄了，他已明显发福。凸起的肚皮把衬衫中间的纽扣绷得直咧嘴。脑门油油的，泛着光。堂兄在县城开了家小旅店，有八九间房。这生意大都靠等，有点像姜太公钓鱼。堂兄闲不住，让堂嫂守店。又借些钱买辆二手车，开始跑出租。间或接送住店的客人，互为支撑，生意倒好起来。

几口酒下肚，堂兄感慨地说："你那么老远，还回庄子上看看。我呢，屁大点距离，几年都没回喽！回去就伤心。"

堂兄是躲计划生育跑出来的。那些年，计划生育是国策。按规定，农村户口，头胎生男孩，不允许再要第二胎。堂嫂第一胎就生了个胖小子，按说是高兴的事，可两口子都想再要个闺女。闺女是小棉袄啊！有闺女，才有亲戚走，老了后才有滋味哪！两口子一咬牙，决定外出躲避，生个女儿再回来。

这是他们美好的想法。抓计生工作的队伍比他们想的更绝。在规定时间内不回来检查，直接把他们三间瓦房给掀了。那些年就这样，你犯了国法，没抓住你的人，就戳掉你的窝。有顺口溜说计生队伍，都是"三不"将军，铁石心肠。

上吊不解绳，

跳井不拉人，

喝药不夺瓶。

没了房子，就没了根。堂兄带着堂嫂东躲西藏，直到把女儿生下来后，才在县城里安住脚。当然，谁也没想到，若干年后，在我和堂哥都进入知天命之年时，计划生育放开了，二胎不仅不罚款，还鼓励你生。

喝点小酒，堂兄就眼泪汪汪的。"开……开什么玩笑哪，那是我的家啊，我就在那儿出生，在那儿长大。怎么说没就没了呢？好多次，我在梦里回到家，看到的都是受伤的房子。破碎的砖瓦，沤烂的椽子，血淋淋地躺在那儿。房子对我说：'你咋不回来呢，我们天天都在等你，等你回来……弟，你说，这故乡我咋回？'"

堂兄说着说着，小声哭起来。

我劝他看开些。这些年，没实行计划生育了，村里人不也照样跑光。以前偌大的村子，现在就剩下几户人家。房子没了人气，都在接二连三倒塌。

堂兄擦把泪，把杯中酒一饮而尽。然后长吁一口气，那酒气中裹着浓浓的乡愁。

晚上，我翻来覆去睡不着。也许是受堂兄的影响，我家的老房子老是在眼前晃荡，似乎也想和我说说话。房子是父亲一手盖起来的，坐北向南，正房四间，左右偏房各两间。青砖围墙相连，形成一个方方正正的四合院。院内有一棵老榆树，虬枝峥嵘，已近百年。如同混元宝伞，护佑着老屋的砖砖瓦瓦。

父亲去世后，我把母亲接到南方，老家就空了。

为了不让房子伤心，我曾嘱托邻居帮忙看管。哪块瓦片破了、哪里出现漏子，请及时拾掇拾掇。钱，我会事先转到他们手上。每隔三五年，我都会回来小住些日子。不为别的，就是想听听老屋的声响。

第二天早上，我准备独自回乡。没想到堂兄已起来，在院里等我。堂兄说："我和你一起回，看看老屋。"他脸色微红，有些激动。

我微笑着点点头。故乡，其实就是最好的疗伤地方。

车出县城西门，视野便开阔起来，入眼都是大片的麦地。正值初冬，风寒水冷，刚露头的麦苗无奈地匍匐下来。县城离故乡不远，二十多公里。可路不好走，需要四十多分钟。

车到前河，堂兄停了下来。

站在石拱桥上，明显感觉河瘦了，老了，没一点精神。连流水都是静悄悄的。堂兄说："我曾在这桥洞里躲过一夜，还有你堂嫂，挺着大肚子，像电影里躲鬼子一样。"

我安慰他："日子要向前看。"

堂兄沉吟片刻，突然说："弟，我不想回去了。不想看到那片废墟，心里会难受的。"

我俩并排向村庄望去，村庄显得格外矮小，杂乱无章。只有我家的榆树像一面大旗，迎风矗立。

"走吧！"我说，"那里毕竟还是你的家。"

村子是东西走向，我家在村东头，堂兄家在村西头。

到了家门口，有三五个人迎出来。三位老人，五个小孩。他们已知我今天回来，早聚集一起，用满脸沧桑的热情与我招呼。我的鼻子瞬间有点发酸。

堂兄不多坐，他要回去看看他的家。我没想到他会这么迫切。他说："看一眼就过来。"

真的，就是一眼！

我还没把凳子焐热呢，他的车又急吼吼地开回来。堂兄并不下车，摇下车窗冲我喊："弟，上来，上来。"

老人们问："啥事呢，心急火燎的，像烧到屁股样。"

堂兄并不回答，拉着我风驰电掣地往他老屋开去。

一下车，我便被震撼住了。

堂兄老屋的废墟上长出一棵柿子树，枝头结满了红彤彤的柿子。是的，红彤彤的柿子！像一盏盏火红的小灯笼，分外耀眼。柿子树的周边是断垣残壁，是枯黄衰败的灌木。唯有柿子树努力地挺着身躯，举着满枝条的硕果，在欢迎我和堂兄。这画面像一盆火，在寒风中直逼我们内心。没有人知道柿子树何时长起来的、经历了多少艰难曲折。她怀抱一树的果实，坚守着这片家园，呼唤我们回来……

我扭头看看堂兄，他已泪流满面。

扒泥鳅

我在家小住的第三天，光头又来了。

前两天，他都来过。一看院内都是老头儿老太太，还有流着鼻涕的小娃娃，他打声招呼就走了。

这次，他来得早。我刚洗漱完毕，打开院门，他就挤进来。

他喊我哥："秀文哥，到我家吃早饭吧，一个人锅上锅下的，麻烦。"

我知道他这是客套话，他也知道我不会去。每年，只要我回来住，吃的、用的都会事先准备齐全。我想过平常日子。

光头说："今儿个天气好，我带你去扒泥鳅。"

"扒泥鳅？"

"是啊，是啊！"光头黑瘦的脸上露出孩子般的笑容。

小时候，我多次和他一起扒过泥鳅。有时在稻田里，有时在渠沟里。提上小木桶，赤着双脚，下到泥里，忙得不亦乐乎。

光头与我同年，只比我小月份。小时候，他头上好长疥疮。为方便抹药，他爹经常给他刮个光头。二十郎当岁，他离开乡村，到县城做小工。慢慢成了包工头，在城里买车买房，很是风光。

这两年才回来。回来后，房子已坏得不像样子。他买来绿色的铁皮瓦，把屋顶重新苫住，并用木头支撑起快要坍塌下来的房梁。就这样将就着住。

光头回来的原因众说纷纭。有人说："他发财了就忘本，把老婆给休了，跟一个年轻漂亮的洗头妹黏糊上，结果小狐狸把他的钱骗光了。"有人反驳："小狐狸多大个事，屁都不值。关键是他儿子蛋蛋，吸毒！吸毒知道不？ K粉麻果摇头丸，一上瘾，既烧身体，又烧钱。这下好喽，城里烧光光，只好回来。"

对光头的往事，我只听不问。如果这是一块伤疤，何必要再揭痛他。

光头给我找来长筒雨靴、胶皮手套。我俩提着小木桶，像小时候一样，奔向后河的一个排水沟。经过光头门前，我看到蛋蛋。他双腿交叉着倚在门框上，脸瘦长，苍白，好像缺血一样。手里夹着一支烟，正眯着眼睛，贪婪地抽。

我说："要不要叫上他。"

光头说:"算了,免得扫兴。"

我们说话时,蛋蛋把咽进肚子的烟极小心地从鼻孔里释放出来。他透过烟雾,瞟我一眼。光头说:"叫伯伯。"

我说:"别为难孩子。把他带上,跟我们一起去扒泥鳅。"

我看到蛋蛋眼里掠过一丝光亮。旋即,他摇摇头。

后河的排水沟,小时候我们常来捉鱼摸虾扒泥鳅。春耕时放水,河里的鱼往上钻,塘里的鱼往下窜,顺着这水沟找新鲜。鱼儿们想不到的是,有人在张网以待。秋节水浅,杂草丛生,头顶刺刀的小米虾已茁壮长大。笤箕拢下去,就是活蹦乱跳的一大把。冬季少水。沟内黑油油的泥土下面就是泥鳅的温床。泥鳅肉质细嫩,味道鲜美。那些年我们没少吃。长大后才知道"天上龙肉,地下泥鳅",是大补。

走到水沟边,旷野极静,太阳也懒洋洋地照着我们。从土坷垃里冒出的清新味将我浑身上下裹得紧紧的。一切都是那么熟悉,那么亲切。这就是生我养我的故乡,这就是能让我彻底放松的天堂。

光头也显得异常兴奋,他赤着脚跳下水沟里。这可是初冬季节,水已有些刺骨。我忙喊他上来。

他说:"秀文哥,我跟你在一起,要的就是这感觉。"

他撸起袖子，把双手伸到泥里，呼啦扒开一个缺口。我睁大眼睛仔细看，希望能蹦出一条泥鳅来。可除了泥土散发出的腥臭味，什么也没有。光头连着扒几把，还是什么都没有。以前可不是这样，几把下去，总会闹出些动静。

　　光头说："秀文哥，我运气不好，你来。"

　　我跳下去，让他洗脚，穿上雨靴再扒。

　　光头不肯。边扒边对我说："这点苦算什么，我刚到城里时，可比这遭罪多了。吃的是猪食饭，干的是牛马活。但我终于混出来了，混出来了！"

　　光头舞动着双手，越扒越快，越扒越多，像要把满身的气力全部砸在面前的泥土上。"可我不知道珍惜。秀文哥，你说，面对花花世界，谁知道珍惜？标叔可比我们稳重，有学问。当了那么多年的官，不照样被查办吗？在县城时，炳昌曾对我说过，德不配位，必遭其累。以前我不信。现在，信了。"

　　光头扒得大汗淋漓，那些勉强生长的杂草、枯黄的芦苇通通被他埋葬在污泥里。

　　他把水沟的边边角角都扒到了，可连一条泥鳅的影子也没看到。

　　我落在了光头的后面。无意间，竟发现光头已扒过的泥巴里有条泥鳅在翻动。我急步上前，双手一捧，捧住一条灰白相间的泥鳅。它躺在我的手心里，似乎有些怕冷，紧紧蜷起身子，窝成一个圆圈，不敢动弹。

光头从我惊喜的声音里也看到了泥鳅。他说："这就是希望，扒到了第一条，就会有第二、第三条。"

我问光头："要是以前，我们扒出的这段距离，能扒多少泥鳅？"

光头往身后看了看，想想说："最少两斤。"

"现在呢，才一条。你说，泥鳅都上哪儿去了？"

"这，我哪知道。"

我说："都进城去了。"

光头的脸腾地红起来，如同抹了油彩："秀文哥，你别嘲笑我了。"

我说："没嘲笑你，我是在说自己。其实我们都是泥鳅。"说完，我把手中的泥鳅重新放回污泥里。它摆摆尾巴，一头钻进去，瞬间就不见了踪影。

往回走时，光头向我请求："秀文哥，我想让蛋蛋跟你混几年。到你那文化公司去熏陶熏陶，也许会好起来。我已老了，但不想让他也毁了。"

看着光头满脸的汗水，我郑重地点点头。

然而，直到我十多天后要离开故乡，也没看到蛋蛋。

送锦旗

一年前，邻居曾给我打来电话。说房子多处漏水，仅靠捡捡漏子补点瓦片可能不行。要大修。

大修的意思是，要把屋顶揭开，把朽了的椽子换掉。再苫上稻草，覆盖新瓦。

"这项工作有点大。"邻居说。

邻居给我电话，母亲刚好在旁边。她来南方一年有余，听到乡音，备感亲切。忙要过电话，杂七杂八与邻居交谈起来。

大约过了半小时，母亲才将电话还我。她对我说："修房屋的事，你不用操心，她会找人搞定。"

见母亲蛮有把握的样子，我便不再过问。

那段时间，我工作较忙，常常是早出晚归。早上我走时，母亲还未起床。晚上我回来，母亲已睡下。母子俩虽住在一起，可见面的机会并不多。

一天晚上，快 11 点，我才回家。母亲竟然没睡，显然是在等我。母亲说她老是打不通东子的电话，是不是东子换了号码，还是……

东子是村长，比我小十多岁，小时候常在我家蹭饭吃。按辈分，他叫我小爹，称我母亲为小奶。东子当村长时，村里年轻人基本已跑光。人没了，村子也很快破败，连行政编制也不够格。就好比战争年代，几场炮火下来，把本是一个连的人马打得七零八落，只好与其他部队合编。

我们夹河村就与旁边的四官村合成一个行政村，取名四官村。因为人家的人口多，地盘大，我们不得不臣服。

东子幸运，当上了合并村庄后的第一任村长，他把家搬到县城去住，成了"走读村官"。

我翻查通讯录，上面的号码与母亲手机上的一模一样。

母亲说："家里有椽子，有小瓦，让东子牵个头，找老成、小惠、柱子、光头（母亲已知光头回到村里住），抽个半天时间，就能把房子翻修好。"

母亲是干过农活的人，耕田耙地，不在话下。虽说没参与过起屋造房，但在乡下几十年，耳闻目睹，积累下很多农事经验。对一房子如何摆弄、需要多少人工时间，她还是有精准算计的。再者，她所叫的人都经过反复推敲。老成、小惠是我们这个家族的小辈，每年初一，都要到我家磕头拜年。柱子能娶上媳妇，多亏母亲当的红娘。至于光头，从小和我一起玩大。用母亲的话说，若是她在老家，只要张张口，这几个人分分钟必到。

母亲常说："人在世上活，图的啥？恩情。"

母亲第一次给东子打电话，东子听说后，连说好办好办。只是这几个人（光头除外）都在跑生意，他约好时间，大家才能一起回去。

见东子答应得如此爽快，母亲也非常高兴。她一高兴，就说了几句电视中常听到的话："东子啊，不要说小奶对你们还有些恩情，就是普通老百姓，你们也应该积极帮忙，因为你是村长啊，群众利益无小事，你说对不对？"

东子连说："对，对，对。"

隔了几天，母亲再次给东子电话。东子说："小奶啊，我正忙着呢，等约好大伙儿再回复你。"

这一等，就没等到回音。

母亲多次给东子打电话，竟然无法接通。母亲不无担忧地说："东子会不会被抓起来了，这年头，很多村官都成了村霸。"

我安慰母亲："别多想，明天我试试。"

我告诉母亲："已联系上东子，他手机进水了，刚修好。"母亲长长舒口气。

母亲同东子频繁联络起来。她交代东子，要用什么样的椽子、什么样的瓦片。如果椽子不够用，在厨房的柴草垛下还藏有几轴辘辘松木，放了好多年呢，可拉到街上打打。

东子连说："好，好，好。"

不几日，所有翻修的材料都准备好了。东子在电话里汇报，找个良辰吉日，就可动工了。母亲怕耽误老成、小惠、柱子做生意。忙说："又不是造新屋，择啥日子呢，凑大伙儿时间就行了。"

东子说："好日子才能办好事，办了好事，小奶您就能长命百岁啊！"

母亲笑得合不拢嘴。

真的，只半天，房顶就焕然一新。

东子通过微信发来几张照片，其中有一张最为醒目：蓝天白云，绿树瓦房。老成、小惠、柱子坐在屋脊上正在劳动。他们嘴里叼着烟，一脸灿烂。

母亲拿过我的手机，看一张点评一张："老成哦，真显老了。小惠哟，咋还这么瘦。柱子呢，还那样邋遢。这家乡人啊，整体都没变，没变！"

"——咦，这房顶没苫好，瓦缝对得不齐。"

母亲这一声咦，如同一枚炮仗，在我心中炸响。我赶紧拿过手机说，让我看看。

其实我根本没有去看那瓦缝，而是快速往上翻，翻到那六千元钱的转账记录，迅速按下删除键。然后，懒洋洋地把手机递给母亲。我说："老人家，别那么挑剔，其实是不错的。"

母亲说："也是，也是。这年头，能来帮忙，就算不错了。秀文啊，我想请你写两句话，制作一面锦旗给村里寄回去，怎么样？"

我很有些吃惊地望着母亲："东子让你写的？"

母亲说："不是。总感觉心里过意不去，给乡亲们添这么多麻烦，又没请他们喝一口水，送面锦旗回去，也表达下心意啊！电视上不经常这样吗？"

我说："那干脆寄点钱回去多好啊！"

母亲不高兴了："钱，钱，钱，你怎么张口闭口就是钱。乡里乡亲谁家没点难事，帮点小忙就收钱，你以为乡下人像城里人这样刻薄啊！"

我无语。为哄母亲开心，我写下两行字，让她去制作锦旗。

乡里乡亲情义重

互帮互助显真情

据母亲说，这锦旗她寄了回来。东子连夸，写得好！我回来后，从没去过村委会，也不知他挂起来没有。

虎子能

按计划，在家乡小住半个月后，我就要返回南方。

就在我打好包裹，准备启程时，虎子来了电话，让我无论如何多待一天，他从郑州往回赶，要和我见上一面。

虎子是我发小，也是邻居。只不过，他家的房子早已夷为平地。他在襄阳买有别墅，早早就把父母接了过去。用乡亲们的话说，虎子是夹河百年难遇的"能人"，绰号"虎子能"，应该写进村史。

乡亲们说这话的口气有羡慕，有嫉恨，也有不屑。

虎子长得俊。高挑个儿，挺鼻梁，大眼睛里闪着笑眯眯的光。刚满十八岁，就有媒婆找上门来，介绍邻村一家闺女给他当媳妇。媒婆说了，只要虎子愿意，对方不但不要嫁妆，结婚时还会送辆凤凰牌自行车给他。那是1984年。一辆凤凰自行车可是一家农户全年苦扒苦做的收入。

就这，虎子都没同意。

虎子心中有个女人，也是邻村的，叫小翠。她腿有点瘸，走路一拐一拐的。脸长得也不耐看，有很多梨花星子（一种小斑点）。那时，我还在老家读书，曾问过虎子，干吗放着好看的姐姐不要，偏要个不利索的女人？

虎子说："小翠在襄阳一家饭店洗碗，跟她结婚，就能把我带到襄阳去。襄阳啊，可是比县城大很多的城市。只要进了城，我再也不回来干这该死的农活了！"

我至今还记得他对土地憎恨的样子。那年头，也确实是这样，付出多，收获少。一年到头，牛马一样劳作，汗珠子落地摔成八瓣，只能落个肚子圆。

当时，全村人都以为虎子傻。等结婚后没几年，全村人忽地觉得虎子很精明。"虎子能"就是在这个时候叫出来的。

虎子来了，开着宝马车，西装革履，一副成功人士的派头。只是他的眼睛里少了笑意，多了些忧愁。

虎子带来卤菜，还是热的。有卤鸡蛋、肥肠、猪蹄、猪头肉，还有我最爱吃的卤豆皮。我在南方时，虎子只要过去，总会给我带点卤豆皮。这都是小时候嘴馋落下的毛病。

我知道，他让我无论如何多待一天，肯定是有话和我说。

几杯酒下肚，虎子未曾开言，先落泪。他说："仔仔杀人了。"

我一惊。前些日子，在电话中，他还对我说仔仔很好。

怎么突然间就成了杀人犯？

虎子说："都怪我啊，都怪我。"从虎子絮絮叨叨中，我慢慢听出原委。

仔仔是虎子的儿子，为小翠所生。

虎子结婚后，同小翠一同来到襄阳饭店打工。小翠洗碗，他帮老板跑腿买菜，招呼客人。虎子人勤劳，嘴也甜，很受老板喜欢。积攒了一年的钱后，虎子辞工，也开了家小餐馆。先前的老板不乐意了，觉得虎子忘恩负义，撬他墙脚，便带上人兴师问罪。

讲到这儿，虎子突然问："我这样做不对吗？"

这些事，他以前从没对我讲过，一时间，我还真不知该如何回答。

虎子愤愤地说："妈的，纯属欺负农民。"

小餐馆开不成，虎子便开始卖鸡。在饭店打工时，他看准这是赚钱的路子。到乡下收鸡，再拉到城里卖，转转手，每只鸡可赚到两三元钱。

干了一两年，卖鸡的人越来越多，价格上已没有竞争优势。这时就显示出虎子的精明来。他第一个从香港买回自动脱毛机。那时内地杀鸡都用开水脱毛。在菜市场边支起一个大煤炉，上面架口钢精锅，放足清水，火旺旺地烧。若买鸡的人需要脱毛，就把杀死的鸡投进锅内，快速搅动。在沸水中烫均匀，再提出来，趁着热乎劲祛毛。

这方式方法很老土，费时费工，一天烫不到几只。

买脱毛机时，虎子与小翠吵了一架。小翠不想买，虎子硬要买。这时仔仔已经五岁了，放在老家由爷爷奶奶带着。

小翠胳膊拧不过大腿，最终脱毛机买了回来。好家伙，第一天开张，就把菜市场所有买鸡卖鸡的人吸引了过来。这玩意儿，快，干净。把鸡丢进脱毛机里，仅三分种，白花花、一丝不挂的鸡就被拎出来。虎子第一天累得差点儿吐血。

其他卖鸡的人留了心思，想偷偷看下脱毛机的招牌。想知道是哪儿生产的，也搞一台。虎子比他们更聪明，早把标牌卸掉了。

仔仔在老家读到小学四年级，虎子和小翠离了婚。虎子娶了个城里女人，细皮嫩肉，像港台明星那么妖媚。

这时虎子已在襄阳买了一套江景房，三居室，一百多平方米，混得有模有样。最开始，为哄新女人开心，他本不想要仔仔的。没想到新女人多次流产，生不了小孩，他这才把仔仔接到城里读书。

仔仔进了城，骨子里还是农民本性，胆小，怕事。上初中了，还不敢说句大声话。班里的同学常欺负他，知道他爹有钱，就让仔仔买烟，"中华""黄鹤楼""小熊猫"等，还有零食。更有甚者，直接在小卖部记上仔仔的账。

虎子知道后，感觉儿子太窝囊。脑子一转，把仔仔带到鸡档。这时虎子已办起公司，倒腾起脱毛机、蛋糕机、馒头机、绞肉机来。宰鸡卖鸡的老本行依旧保留。用虎子自己的话说，致富不能忘本。哪怕亏钱，也要守着，这是历史的见证。

虎子递给仔仔一把刀，要求把鸡杀了。仔仔长这么大，还从未杀过生。他不动手。虎子就陪着他。虎子说："这世道，强者为王。你不能靠老爸养一辈子。"

从早上陪到晚上，仔仔没办法了。闭着双眼，挥刀向鸡头上砍去。鸡嘎嘎叫飞跑了，落下一地鸡毛。虎子不收兵，吩咐再来。这一次，仔仔挥刀而下，溅了一脸鸡血。

有了第一次，就有第二次。

仔仔的眼光变了，变得凌厉起来。

有学生不相信这变化，继续讹诈仔仔买烟，要"中华"的。

仔仔说："不行。"

对方深感掉价，挥拳打过来，没想到仔仔早有准备，掏出杀鸡的刀迎了上去，结果，对方当场掉下三指头。

仔仔一战成名，在学校里成了"大哥大"。

　　虎子喝了一口酒说，刚开始那几年，他还挺高兴，觉得终于把儿子培养出来了，"不料想啊，不料想……"虎子泣不成声。

　　我不想再让虎子说下去，仔仔的后果是可想而知。

　　虎子说："我一定要说给你听听。不说出来，我难受啊，难受，他……他把后娘给杀了。"

　　一刹那，乡村寂静。我听见自己的心跳，也清晰地听到虎子眼泪落地的声响。

我的名字叫农夫

是的，我的名字叫农夫，也有人叫我田父。农夫也好，田父也罢，直接表明我就是一个种田的。

这些年，我种田种得很憋屈。

首先，田不是我的，是里正（村长）的。我是佃户。最开始，我不想种里正的田。我天生胆小，害怕见官。见官就要磕头，眼睛还不能乱转，看到不该看的地方是要挨打的。里正虽不是大官，但每次见面都要叫"老爷"。他高兴时，会用鼻子哼一声；若不高兴，睬都不睬你。

老婆春娘说，还是租里正的好，这兵荒马乱的年头，倚棵大树好乘凉。万一有什么事，他也好罩着我们。

春娘有几分姿色，为了娶她，家里债台高筑。

租了里正的田后，我拼死劳作。春季插秧，秋天割禾；日间翻土，半夜护耕。我把时间大都花在了田地上。苍天不负辛苦人，我一亩田可以收到一石多点粮食，这在整个阴陵都是无人可比的。我最大的理想就是赶紧把债还完，手里有点余粮，把两间茅舍修缮一新，就心满意足了。

自从春娘嫁过来，基本上每天都在抱怨嫁给了我这个穷鬼。

我虽努力，可希望渺茫。主要是赋税太多。要交给楚邑令（县官）的有田税、刍稾税、人头税、服役税等；要交给里正的有地租税、良田税、渠水税等。

我读书不多，但基本的账目我还是会算的。按理，我租种了里正的田，只交里正谷米就可以了。楚邑令的税赋不应加在我身上，应该有由里正来负担。可理正把眼一瞪说："按理，按什么理？天下楚地都一样。当农民，做佃户，不给你田种，通通都给我饿死。"

里正一生气，整个阴陵都发抖。

还有刍稾税。刍，就是饲草；稾，就是禾秆。刍、稾一般都是马匹或其他动物的饲料，霸王每年都要打仗，故此要收刍稾税。

以上这些都罢了。最气人的是，年景好时，里正会巧立名目，多加税赋；遇到旱涝虫灾之年，竟然分毫不减，没有一丝恻隐之心。所以，这些年我旧债未清，又添新债。

去年年成不好，开春多雨，谷苗无法下种；待夏至，一连数月干旱，禾苗焦黄；临秋来雨，已错过季节，谷子几乎颗粒无收。于是，有农人结伴去楚邑令请愿，要求减租。若楚邑令不肯，他们再往上请求。这帮农人邀我一起去，春娘说："不能云，枪打出头鸟。有里正罩着我们，饿不死的。"

这婆娘说话时，满脸自信。

我知道，自租种里正的田后，他就上了我的床。春娘半推半就，还说为我着想。我一怒之下，打了这婆娘一个嘴巴。

没想到第二天，里正就托人带来话："想安安稳稳地过日子，就要把自己当成聋子、瞎子和傻子，否则，捏死你如同捏死一只蚂蚁。"

我知道里正说的不假。去年去请愿的人，在回来的半道上，被一群蒙面歹徒打成重伤，躺在地上直哼哼。里正去现场查看，摇头晃脑地说："你们就是一群没脑的乌狗，请什么愿呢？那楚邑令就是霸王的差役，你们不交粮，不交租，难道让霸王喝西北风去。再说了，要请愿，也要先看看自己有多大本事，就凭你们这些草芥，能翻天不成？"自此后，再也没人提请愿的事了。

昨天，我在田里排水，铁锹把折断了。我劳作的习惯是早出晚归，中午就在田埂边的树荫下吃几口干粮，然后眯眼休息一会儿，到日落西山才回家。可昨天到家的情景却让我目瞪口呆，怒火中烧。我家那破旧的木床上，里正正光着白花花的屁股把春娘压在床上，两人忙得不亦乐乎。

他们也没想到我会回来。看到我，里正竟然连裤子也不穿，直起身子朝我狠狠地骂："滚，滚回去种田，败老子雅兴。"

是可忍，孰不可忍，可我忍了。我是农夫，是土坷垃里的泥丸。我即使跳跃起来，也没有几尺高，所以，必须忍。

今天，来到田里，谷禾正在茁壮成长。可我的心里没有喜悦，只有委屈和愤恨。我眼里蓄满泪水，抬头诘问苍天："我一介农夫，不求大富大贵，只想凭自己的双手，让家中有粮，房能安身，不受人侮辱，这要求高吗，难吗？"

正诘问着，突然听得一声暴喝："咍，老头儿，往乌江怎么走？"

我打个激灵，看有一支队伍气喘吁吁立在我面前。当前一人，身材高大，面目黝黑，豹子眼，宽脑门儿，胯下乌骓马，手提虎头盘龙戟。虽然风尘仆仆，浑身是血，但依旧威风凛凛。

一看这人，我就知道他是谁了。我所在这片土地上的大王啊，力能扛鼎的英雄啊！我刚想张嘴告诉他乌江如何走，可昨天的、前天的；去年的、前年的；累年累月的苦和难、屈辱和伤痛都是眼前这个人……不，他的属下带来的。

　　看样子，他打了败仗；看样子，后面有大军追来；看样子，他很不服气，依然在高傲着。见我没及时回答，他很不耐烦地又问了一句："呔，没听到吗，往乌江怎么走？"

　　这神态，这口气，怎么和里正一个德行？你纵是天大的英雄，可是现在的你在我眼里是有罪的。你无法管教好下属，视我们如刍狗、如草芥，那么，他们的罪过今天就应由你来承担吧！

　　于是，我手一指，把左边那片无法逾越的沼泽地指给了大王……

　　事隔 N 年，有各种各样的专家说是我改变了历史。若霸王不走冤枉之路，及早返回江东，楚汉之争，鹿死谁手，还要重写。在幽深的墓穴里，听了这些所谓的专家胡说八道，我费尽所有力气朝着外面朗朗乾坤吐了一口污浊：

　　啊，呸——

一九七四年的黄头绳

那年，我六岁。麦子快要开镰的时候，大队（现在的村）要去老河口拉化肥。听到这个消息，庄子里的人都有些激动，因为可以坐大队的拖拉机进城了。

我对妈说："我也要去。"

妈问："老远老远的，你去干啥？"

我说："去买一根黄头绳。"

妈笑："才多大点个丫头，就知道臭美了。"我脸有点发烧，跺着脚说："就去，就去。"

妈不知道，扎头发用的黄头绳我想了很久，可每次货郎担来到村里，都没我想要的颜色。

正和妈怄小气，老张嬷嬷一瘸一拐地带着儿子槽娃走过来。她进城去治病。妈说："那你就跟着他们去吧！"我急忙钻进屋，从布包里掏出过年积攒的五分钱，乐颠颠往外跑。

老张嬷嬷从柴垛上扯下一把稻草递给我说："拿着，等会儿坐车垫在屁股下。"我嫌稻草脏，不想拿。槽娃却替我接住了。他大我两岁，我喊他哥哥。他说："不用怕，等会儿你坐我腿上。"

我瞪他一眼，他仍然很热情地笑。

来到集合点，车上已坐了七八个年轻人。见到我们，他们及时腾出点地方，让我们坐在车厢中间。一车人嘻嘻哈哈交谈着，我才知道，他们都是想趁割麦前，到县城逛逛，看看百货大楼里各式各样的商品，到茶馆里听一段《薛刚反唐》，或者《英雄小八义》。反正，要好好乐和乐和。老张嬷嬷去找"席别头"治她的老寒腿。她没有一分钱，和槽娃各带一个窝窝头，算是晌午饭。

"席别头"在老河口一带很有名气，年轻时练过武，会治跌打损伤，腰酸腿痛。据说县长有病了，还要亲自登门请他看，该收多少钱，一分也不少。

我问老张嬷嬷："没有钱，他给你看病吗？"还没等老张嬷嬷开口，槽娃已抢先回答："当然给看，以前他落难时，在我们家住过一晚上，曾说过无论什么时候过去，都给看，不收钱。"

我坐在槽娃旁边，看到他说这话时，满脸自信。

拖拉机一路颠簸，把人的骨头快摇碎了，才进到城里。司机交代，下午在拦马河集中，一起来，一起回，不要掉队，不要拖沓，谁最后来，就罚谁唱样板戏。大伙儿哄然而笑，三三两两结伴散开。

我随老张嬷嬷和槽娃去"席别头"那里。"席别头"住在老城区，他住哪儿，哪儿就是门诊。走了很久很久，才找到"席别头"的住处。我们到时，屋里屋外都候满了人。"席别头"正在给人接骨，那人疼得缩成一团，哎呀连天。

老张嬷嬷小声喊了一句"别席头"。"席别头"正忙着，没反应。旁边有人呵斥："哪儿来的，有这么叫人家席师傅的吗？""席别头"一回首，看到老张嬷嬷。

"大嫂，你是……"

"我是三同碑涂家老张嬷嬷啊！"

"哦，嫂子来啦，快坐快坐。""席别头"让病人别动，返身进屋搬出一张小凳子，递给老张嬷嬷，并问道，"你们吃饭没？"

槽娃刚想接话，就被老张嬷嬷扯了一下："吃了，吃了，在街上吃了几碗面条呢！"

"吃了就好，你稍坐会儿，我把前面这几个看了，就给你看。"席别头"解释说，"他们上午来的，连晌午饭都还没吃。"说完，又交代几句，"茶水在暖瓶里，自己倒。到这儿，就是一家人，别见外。"

这么细心，倒让老张嬷嬷不好意思起来："席……

席……师傅，你忙吧，忙吧！"

"嫂子，你别改口，就叫我席别头。一改，生疏了。"说笑中，"席别头"又开始忙碌起来。

等老张嬷嬷推拿完毕，贴上膏药，日已偏西。"席别头"说："嫂子，我不留你，也不留你，这个你拿着。""席别头"边说边塞给老张嬷嬷一个长纸盒子。

"这怎么行呢？你给我治病，我还没给你钱呢，你却给我东西，我不敢接啊！"老张嬷嬷赶紧推辞。

"席别头"说："嫂子，不要说是你来看病，就是涂家村的人都来找我，我也不会收一分钱的。想当年，你们对我的关照，我都记在心上。回去后，你代我向全村父老乡亲问个好。"

在"席别头"的再三要求下，老张嬷嬷才拿住纸盒子。走出不远，槽娃就说："妈，我好饿。我想看看盒子里装的是什么？"

因为我们都闻到了从盒子里透出阵阵的香味。老张嬷嬷把盒子小心翼翼打开。顿时，我们的眼睛都亮了起来。躺在盒子里的是六根金黄色的油条！

"妈，我想吃。"槽娃眼里冒出绿光。那年头，能见到油条都是件奢侈的事，更不消说吃了。

"你的窝窝头呢？"

"早吃完了。你在治腿时，我和妹妹就分吃了。"

"给，再吃。"老张嬷嬷掏出自己的窝窝头递给槽娃。

"我想吃油条。"

"不行，等见到大伙儿再吃。"

到了拦马河，其他人早已来了。老张嬷嬷把大伙儿都叫过来，她数了数，正好十二个人。当六根金黄色的油条呈现在大伙儿面前时，大家都不约而同咦了一声。老张嬷嬷将每根油条一分为二，对大伙儿说："这是'席别头'不忘当年关照之恩，特送给大家的。来，都尝尝，吃在嘴里，更要记在心里，别忘了人家对我们的恩情。"

那一次，我们把油条吃得很慢很慢，在细细品尝那特有的香味。突然，老张嬷嬷说："坏了坏了，忘了小妹妹的事啦！"

我脸一红，正想回话，槽娃抢答说："妈，你看腿时，我已陪妹妹买到黄头绳了。"

在大伙儿的要求声中，我慢慢掏出黄头绳。它装在透明塑料袋中，盘成飞蛾的形状，细细的，绒绒的。我托在手中，在夕阳的抚摸下，黄头绳犹如刚刚苏醒的蝴蝶，展翅欲飞。

两只蝴蝶

女人对男人说："你有空吗，我已到了汽车站。"

男人看看时间，11：40，离下班还有二十分钟。

男人说："你在车站先待会儿，我下班去接你，下午我请假陪你半天。"

女人嗯了一声，收了线。

男人没想到女人说来就来。起初，他认为女人只是说说而已，没想到现在女人真的来了。

时间过得真快，转眼，两人已分别有十多年了。女人是在近期的一张报纸上看了他的事迹，才知道他所在的单位。他当保安，前几天晚上，很勇敢地救出一位被歹徒控制住的女子，结果名声就出去了。

以前男人和女人本是一对夫妻。两人性格都挺倔，结婚不到两年就分道扬镳了。男人带着女儿过，女儿小时，若交给一个后娘，他不放心。等女儿上了初中，生活压力大，就没有再娶的欲望。女人有没有成家他不知道，也不想知道。

12点，他请好假，直奔汽车站。按规定，他要值完一天才能休息的。但现在他是个小小的名人，大块头队长给他三分薄面，点头允许了。

来到汽车站，男人在出站口扫了一圈，没有看到熟悉的身影。等他掏出手机想查号码时，一只手轻轻拍了一下他的肩膀。他知道是女人。

十多年不见，女人苍老了许多，可在他眼里依然很美丽。女人穿着黑色露肩长裙，冲他礼节性地笑，不冷也不热。男人见女人两条细长的手臂裸露在7月的阳光下，急忙跑到附近的小卖部买了一把太阳伞。男人撑开，为女人遮住晃眼的日光。

男人领着女人去吃水饺，这是女人的最爱。刚结婚那阵子，男人经常包水饺给女人吃。女人撒娇，让男人咬中间的薄皮肉馅，把饺子"耳朵"留给她。男人不肯，女人就不吃。那段时间，女人把男人养得胖胖的。现在，女人很平静，如同公园里的湖水，波澜不惊。他叹了一口气。

吃完饭，他瞄了瞄毒辣辣的太阳说："到我宿舍休息一会儿吧，下午我带你去荷花亭看看并蒂莲，可漂亮啦！晚上等女儿补课回来，我们一家好团圆。"

男人把"一家"两个字咬得很重。女人抬起头，盯着他的眼，嗯了一声。

回到宿舍，男人有些激动，把手慢慢伸向女人。女人说："不行。"女人说得很坚决，他就知道没戏了。他俩分手，就是因为有次他想要她，她不给。她要他解释他贴身背心上为什么会粘着一根长长的头发。他解释不出，但他确实被冤枉了。

她不给，他就霸王硬上弓。结果，女人就说离婚。他觉得很憋气，就离了。

男人蔫了下来，女人感觉到自己的歉意，忙说："我来找你，毕竟我们夫妻一场。但现在是两家人，你要尊重我，我也尊重你，行不？"

男人嗡声说："行。"

那你和我并排躺下休息一会儿。女人说。

"我……我睡不着。"

"把心放平静，对，尽量放平静你就睡着了。我们不年轻了，连这点定力都没有，今后还怎么过日子。"男人听了女人的话，慢慢躺在了女人身边。两人身体之间隔了一条宽宽的沟。

女人身上真香，男人不停地嗅着鼻子。女人说："睡不着？"男人嗯了一声。"那你唱首歌吧！"以前，男人常唱歌给女人听，虽然唱得不好，但女人爱听。男人好像回到了从前。男人清清嗓子，唱：

假如我有一天，要请你到海边，你发现，在那里，有一艘聚满了鲜花的小船。不要说是梦幻，我和你共一半，只等待你来临，我们来解开缆，然后扬起帆。

我们倾听浪潮的呼唤，我们牢记大海的箴言，度过风和雨，把满船花的芬芳散布到海角天边。彩云来见见面，海鸥来聊聊天，它们问，能不能一起搭上这美丽的小船。

男人唱完，女人问："你新学的？"

男人说："学会几年了，没事时就唱唱，解闷。"

女人又问："什么歌。"

男人说："《爱的船》。"

女人说："你再唱一遍。"

男人又唱，女人伸出手，轻轻地打着节拍。唱完一遍又一遍，唱着唱着，男人进入了梦乡。

等男人醒来，天已快黑了。女人瞪着一双美丽的大眼睛在看着他。男人说："太累了，这一觉竟睡到天黑。走，我带你去吃饭。"

男人起身穿鞋，弯腰系鞋带时，女人制止住了他。女人说："让我来。"男人已系好一只鞋带，是那种很常见的系法，十字交叉，再挽一个环就可以了。

女人捋捋长裙，弯下腰，将男人已系好的鞋带解开，重新系。女人系得很仔细，很认真，也很好看，她系的是蝴蝶结，有翅膀，有触角，栩栩如生。一左一右，展翅欲飞。

在男人印象里，女人从来不会系这样的鞋带。女人问男人："好看不？"

男人怔了好久，声音有些哽哽地回答："好……看。"

汉奸头

本来男人陪女人到美发厅，是看女人整理头发的。

女人头发长，黑，像缎子一样披在肩上。男人喜欢看，前前后后地看，百看不厌。可女人始终对男人冷冰冰的。男人不灰心，不气馁，拿出曾国藩带兵的架势，屡败屡战。今天送朵鲜花，明天问声冷暖。有时也送点小玩意儿，手链、雨花石、小纸船等，物美价廉。功夫不负有心人，终于，女人答应和男人拍拖。

可女人依旧很冷淡，男人好像习惯了似的，紧随在女人身边。

女人的头发很好整理，就是洗一下，打一下落剪，再清理清理额前的绒毛就行了。但女人提出的要求却很严。比如说洗，要顺着头发生长的方向慢慢洗，不能揉乱，不能用力，不能打结。发艺师听着听着就皱起了眉头。男人看见，忙站起身，赔着笑，递上一根烟。发艺师接了，夹在耳朵上，看看女人，再看看男人，忽地，叹了一口气。

等女人整理完毕，男人如释重负般伸了伸腰身。女人忽然说："你也理个发吧！"女人说出这句话，脸腾地红了，瞬间如桃花般绽放。

男人没想到女人会提出这个要求。他不喜欢这家美发厅，更不喜欢这里的发艺师。个个头发都染得花里胡哨的，男不男，女不女，没一点阳刚之气。再说了，他的头发不长，再长十天半个月理也不晚。可男人抵不住女人那双在这一瞬间含情脉脉的眼睛，欣然坐到了转椅上。

男人本想告诉发艺师，就按现在的发型，把鬓角的发梢略略修剪下就可以了。男人的发型很普通，是那种很随意的直发。蓬松着、竖立着，盈亮而有弹性。

没想到，男人还没开口，女人说话了。女人说，从中间对分，五五开，左右两端的发尾留长一点，能触及眼帘最好。女人倒像一位"魔发"高手，几句行话，倒让发艺师真的刮目相看。

在女人的指挥下，发艺师一手拿着梳子，一手拿着长剪，忙活开来，半小时后，男人的直发不见了，镜子里呈现的是一个大写的"M"字发型，中间的发沟不偏不倚，白得耀眼，把两片"黑瓦"映衬得油光闪亮。

男人望着自己的头颅，猛然觉得这发型在哪儿看过。"这是什么发型？"男人感觉头大了，问话的声音也粗起来。

发艺师没有回答，而是把目光投向了女人。女人说："文质彬彬头。"男人不再说话。

返回的路上，女人主动拉住了男人的手。男人感觉到女人的手心里湿漉漉的，全是细小的汗。

男人说："你能否跟我说句心里话，这到底算什么头？"女人停了下来，双目含笑，平视着男人，缓缓地说："汉奸头。"

也就是这一刹那，男人想起来了，在女人的笔记本里，有一张前男友的照片，就是梳着这种中分的汉奸头，脸上洋溢着自信与从容。

女人也问男人："你能否也跟我说句心里话，喜欢吗？"

男人沉吟片刻，双手捧起女人的脸，一字一句地说："只要你愿意，我都喜欢。"

男人说完，女人就哭了，是那种无声的流泪。女人让男人蹲下来，伸出白皙的双手在男人头上轻轻地搓、轻轻地搓。

男人从女人明亮的眸子里看到自己的头发随着女人的搓弄，彻底摆脱了发胶的束缚，再次得到解放，又恢复了昔日那种随意、自由、奔放的个性。男人的眼睛有些润润的。

男人立起身，紧紧地把女人搂在怀里。女人迎合着男人，也不管大街上红男绿女穿梭如鲫，轻轻地张开樱桃般的红唇，把女人特有的芬芳撒向了男人那渴望已久的心田。

老胡求我三件事

喝完小酒唱完歌，癔里八症回到宿舍已是 0 点多。没想到老胡蹲在门口等我。左手两瓶酒，右手两条烟，见到我就嘿嘿笑，像和珅见到皇上。

"主任，你总算回来了。"听老胡这么一说，我才想起昨天他给我打了几个电话，说有事找我，听他可怜巴巴的声音，我才勉强答应抽空见他一面。

其实老胡就跟我住一排宿舍，中间只隔了两家。在这个单位，老胡是外来人，负责大院里的卫生，平日很少跟人来往。我对他印象不是很好。我上班第一天无意间丢了几张擦汗的纸，他竟然敢嘀嘀咕咕说："这是谁，素质那么差！"

现在知道我是谁了吧，我是管后勤的主任，就是随时可以给你小鞋穿的直接领导。

老胡进了屋，瞅个空，把烟和酒放到角落里。拍拍手，又从上衣口袋里掏出一盒芙蓉王，极小心地撕开封条，从里面抽出一根，递到我的面前。我想，老胡可能是听说招聘的临时工有转正的机会，所以才不惜花这么大的本钱来求我。老胡在这个单位干了近十年，还是临时工，每月只有六百多元钱，老胡倔，平日不求人的。前些年，有人劝老胡活动活动。老胡说："我好好干活，领导自然会考虑的。"人家就骂他。老胡像受了极大的污辱似的，头一昂说："傻就傻，要那么精明干啥？"差点儿没把人家鼻子气歪。

现在老胡变了？学会求人了？他越是这样，我越是瞧不起他。你不是又臭又硬很有个性吗，也有熬不住的时候？

我吸着老胡递来的烟，吞云吐雾。看老胡如何求我。

"主任，暑假到了，我女儿要过来住一段时间。她九岁，上小学三年级，很可爱的。"

"哦，这和我有什么关系？"我愣了一下。老胡继续说："主任，我女儿来的这段时间里，我求你几件事，很小的，真的，就三件，你一定要帮这个忙。"

我嗯了一声，老胡吭哧出第一件事，就是问我能不能把门前的水管关住。

我这人有点懒，为了让女人洗衣方便，特意在门口接了个水管，这样不用把洗衣机抬出抬进。进入夏季，我一天到晚开着水龙头，给门前的水泥地自动降温，南方的气温高，今年达到 38 度多呢！我这样在室外降温，就可以减少室内空调费。反正单位不收水费。

见我不吱声，老胡解释说："我们那里特缺水，是有名的岗地，现在还用毛驴拉水。我不在家，养不起毛驴，吃水全靠婆娘挑，挑一担水来回要走五里路，爬坡过沟的，回到家也就只剩半桶了。我女儿上学，每天只给她一矿泉水瓶，有次发烧，因为没水喝，在放学回来的路上足足晕过去一个多小时，要不是被同学们发现得早……"老胡声音有些呜咽，我觉得晦气，忙说行。

老胡揉了揉眼，又说："女儿小，我怕她看到这样流水，会受刺激，会学坏。等她走后，你想咋开就咋开。"听着老胡的话，我没再应声。

第二件事，老胡求我别再乱扔东西，包括剩饭和避孕套。我管后勤，每天食堂那位胖厨师都会送一些鸡鸭鱼肉来，吃不完不扔掉，我往哪里放？再说避孕套，那是我个人的隐私，你老胡的要求太过分了吧！我微微蹙起了眉。老胡急忙说："主任，我不是不让你扔，而是别赤裸裸地扔到外面的桶里，那样不好看，也招苍蝇。这不，我已给你备好了一捆黑色塑料袋，包好再扔，就不扎眼了。"

我们这排宿舍常住人员只有我和老胡，垃圾我都随手扔，反正有人搞卫生。有次，几个小孩竟从垃圾桶里用木棍挑起我用过的避孕套四处炫耀着玩，害得我确实害臊了一回。"这……就这样吧！"我勉强同意。

第三件事，老胡话未出口脸先红了。老胡说："主任，我承认我做的工作不是十分完美，我求你，在女儿来的期间，你千万别当着她的面骂我。你不知道，我在女儿心目中是个英雄呢！女儿常在同学们面前夸我如何能干，是世上最好的爸爸。你若骂我，她会受不了的。上次你当着很多人的面骂我花园里的小杂草没清干净，现在我已彻底清理完了。还有，后面干部家属院的保洁，我自己掏钱买了十多个小桶放在各家门口，让他们别从窗口直接往下丢东西了。我女儿来这些天，我会天天转悠的，万一有做得不当的地方，你就给我点面子，千万别当在我女儿的面骂我。求求你了。"

老胡后面还说了些什么，我已记不清了，他什么时候走的，我也不知道。我只知道，那一夜，我第一次体会到什么叫失眠。

紫苏黄瓜

午餐，女人炒了一盘黄瓜，男人瞪了女人一眼。

男人不爱吃炒黄瓜，只爱吃拍黄瓜，酸辣脆甜的，特爽口。

以前女人炒过一次黄瓜，男人只吃了一口，嚼了嚼，如同一团打湿的棉絮，实在无法下咽，啪地吐在了垃圾篓。

那次，男人就郑重地对女人说过，以后别炒黄瓜了。过了一会儿，又补充一句："软得像面条样，你喜欢啊？"女人的脸当时就红了。

女人看出男人的不满，忙解释说："这次炒的黄瓜不一样，你尝尝。"男人不想说，有什么不一样的，不都是根黄瓜吗，你能炒出南瓜味来？但看看女人平静的脸庞，想想明天就要分道扬镳，何不大度一点呢！就拿起筷子，夹起一片黄瓜放进嘴里。

黄瓜一入口，男人就怔住了。这黄瓜确实好吃。外韧内脆，清香可口，辣而有味，引人食欲。男人从来没有吃过这么好吃的炒黄瓜，忍不住一连夹了几大筷子，正吃起兴致来，黄瓜却没有了。女人炒得太少，女人还没动筷子呢！男人把盘里几片青叶般的调料也吃进肚里。这调料也香着呢！

男人抹抹嘴，问女人："这叫什么黄瓜？"

女人说："紫苏黄瓜。"

"紫苏，紫苏是什么玩意？"男人瞪大了双眼。

女人说："紫苏是一种香料，长得有点像女人的唇，不遭蚊虫叮咬，不让毒蛇近身。"

"有那么神奇？"

女人点点头："它与众不同，有特异的芳香，气质很高雅。"

听女人把紫苏说得这么好，男人忍不住咽了一下口水。男人想，也许自己见过紫苏，也许紫苏是学名。就比如一些人说大名不知道，一说狗蛋儿、老母鸡，谁都认识。

男人正想着，手机响了。男人看了看，没接，挂了。

男人走出门后，又返回身来，对女人说："晚上你能不能教我炒一次紫苏黄瓜？"男人的语气里带着一丝请求，女人点点头。

晚上，男人主动买回来黄瓜。女人教男人，首先要把黄瓜斜着切，片要厚，薄了就烂了。男人站在女人身边，边看边听。放油，油要放多些。烧热后再放胡椒、辣椒、大蒜，等调味出来后，放黄瓜。两边翻炒，炸到金黄色，最后放紫苏。

女人拿起紫苏往锅里放的时候，男人闻到了一股久违的清香。

男人说："真没想到，黄瓜这样一炒，化腐朽为神奇了。"

女人说："其实任何食物都好吃，关键看跟谁搭配。只要搭配得当，就能释放出最美的芳香，调节出最佳的口味。"

吃过晚饭，女人收拾了一个小包裹，走了。男人没送，待在家里，和那一屋子豪华家具面面相觑，相映成趣。

女人走后，男人并不寂寞。他常去另外一个女人那里。女人给他煮饭、洗衣、按摩。男人感觉不出有什么失落来。

只是这个女人不会炒紫苏黄瓜。这个女人是客家人，不吃辣，只会煲汤、蒜茸炒青菜、酿豆腐等。

吃了一段时间，男人有点腻，就回到昔日的家里，自己动手，买来原料。他要亲自炒一盘紫苏黄瓜。

男人学着女人的样子，切瓜，放油，放蒜，放调料，最后放紫苏。等一切停当，一盘油光灿烂的紫苏黄瓜呈现在男人面前。

男人很满意自己的杰作，伸出筷子夹了一口。

就这一口，男人啪地吐了出来。那黄瓜软得像面条样，嚼在嘴里，如同一团打湿的棉絮，实在无法下咽。

男人不死心，又连夹了两口，同样是吐了出来。男人扔下筷子，怔了好久，才自言自语地说了一句："真怪了，同样是紫苏黄瓜，怎么到我手里，硬是变了个味呢？"

那年大雪

那年雪好大，鹅毛片片飞。落雪之前下了一阵冷子，打在我十八岁刚剃的光头上，阵阵发痒。

梁子回来了，穿着皮夹克，披着黄大衣，足蹬大马靴，威武得像个军官。梁子在城里做生意，不几年的工夫就发了，是我们这一带穷山沟的名人。海子娘、狗儿妈、我母亲提前几天就托人给梁子捎了话，他这次回来，希望能把我们三人带出去，跟着他见见世面，挣不挣钱不重要，开开眼界也好。

梁子见到我，先一愣，后大笑，拍着我的光头说："好小子，哥就需要你这样的人。"

海子和狗儿也在院内。海子手里牵着一只小绵羊，雪白的毛，尖尖的角，雀温顺地低着头。狗儿说："梁子哥，中午咱们杀羊吃。"

围观的人都齐声叫好，落雪的小院顿时沸腾起来。说到杀羊，在咱村里真是少见，我们地处汉江河畔，水美草肥，家家养羊，可自家很少吃，大都卖给羊贩子。要想很利索地杀死一只羊，还真是件棘手的事。

为了表现自己，海子先动起了手。他把羊往树根一拴，从灶房拿出一把菜刀就向羊奔来。小绵羊见海子来势凶狠，一改低眉顺眼的神态，叉开四足，呈梯形样支撑着身体，脑袋一摆，用羊角抵住了海子的双手。海子向左，羊角向左，海子向右，羊角向右，几个来回后，海子瞅个空隙，抓住了羊犄角，想把羊头按倒在地。小绵羊奋力一击，反把海子掀了个趴叉，引来大伙儿一阵哄笑。

狗儿上。狗儿年龄比海子小，刚满十六岁。狗儿看着直揉屁股的海子，面露怯色。他眨巴眨巴眼睛，转身进屋拿出一截绳子来。狗儿在绳头挽了一个套，一下子套在了羊头上。大伙儿立刻明白过来，他想把小绵羊勒死。梁子忙说："别这样，憋气死的羊不好吃。让山子来吧！"

梁子点了我的名，我的脸就莫名其妙地发烧起来。想跟他出去的三个人中，我年龄最大，下巴上已长出了胡须呢！我靠近小绵羊，小绵羊咩咩地叫了两声。它是认识我的，同在一个村里生活，它吃草，我吃饭，抬头不见低头见。前天我还从枣树上为它扯过红薯藤吃呢！

但小绵羊丝毫没有放松警惕性。我瞅它不备，弯下腰，伸出右臂，一下子搂着了小绵羊的头，然后快速挺起身，小绵羊四足离了地，乱踢乱蹬地没了后劲。我用右手取刀，在磨石上当了当，准备朝小绵羊的咽喉切下。这时，我看到了小绵羊的眼睛里有了泪，晶莹剔透，顺着眼角流了下来。霎时，我心里一紧，原来羊也会流泪，难怪村里人从不杀羊。小绵羊趁我愣神的工夫，拼命挣扎，嗵的一声，我手里的刀和羊一起落到了地上。我腿上的裤子也被羊蹄甲刮开一道口子。围观的人群都笑了。不知是笑我无能，还是笑小绵羊勇敢。

最后，梁子出手了。梁子笑眯眯地骂我们都是笨蛋。这羊表面上看起来很温柔，其实骨子里倔强着呢！梁子边说边从屋里取出一棵大白菜。绿的叶，白的帮，极鲜嫩。梁子将白菜递到小绵羊的嘴边，小绵羊几经杀戮，瞪着惊恐的双眼，不闻，不吃。"别怕，别怕，我不会杀你的。"梁子呵呵地蹲下来，像对一位老朋友那么亲热。小绵羊看看梁子手里没有刀，眼神稍稍松懈了一下。梁子以手作扒，给小绵羊搔起痒痒来，那动作极温顺。小绵羊被感动了，包含在眼眶的一窝泪水扯成线流了下来。小绵羊开始吃起白菜，并将身躯靠近了梁子。大伙儿也以为梁子不再杀羊了，打着哈哈准备离去。就在这时，只见梁子猛地一咬牙，飞快从袖筒里抽出一柄匕首来，从小绵羊的侧颈里扎了进去，手腕一翻，利刃直捣颈骨，然后顺势向下一划拉，小绵羊和我们还没明白怎么回事，只见一股鲜血喷薄而出，羊的气管已被生生切断。小绵羊扑倒在地，一双翻白的眼睛瞪着梁子，嘴里还嚼着一片白菜。

围观的人们也是一阵惊叫。梁子站起来，擦了擦带血的匕首，自得地说："准备剥皮起锅了。"

那一晚的羊肉，至今我回忆不起是个什么味道。

第二天，雪依然下，大地一片耀眼的白。梁子走了，是一个人，苍茫的雪地上留下了一串孤独的脚窝。

眼　睛

　　才放暑假的第一天，良子就接到老家来信，儿子的眼睛在与小伙伴玩耍时被一根蒿子秆戳瞎了，现已从县医院转到市专科医院，情况很严重。

　　良子的头顿时就像挨了一记闷棍，胀胀地痛，想哭，却流不出眼泪。媳妇莲花苦愁着脸，一个劲地催良子快回快回。

　　良子和莲花在惠州打工，这两年工厂效益不好，两口子想攒点钱回去建房子，就在龙丰市场租了个档铺，专卖小百货。没想到生意也难做，一年下来，除去房租、税收和水电，落不到几个钱，莲花就有了想回家的打算。良子说："再等等看吧！"没想到，儿子出事了。

　　良子的儿子叫小虎，长得虎头虎脑很可爱。良子出来的时候，小虎才两岁，莲花抱着小虎在村口同良子道别，小虎摇着小手说拜拜，并同良子来了一个飞吻。第二年，莲花把小虎留给了六十多岁的奶奶，自己也南下打工来了。

　　本来两口子想一同回去的，但想到医院那儿是个填不满的坑，莲花就留了下来，一个人支撑着档口，多挣一分钱，儿子的眼睛就多一分恢复的希望。

良子连夜扒火车赶回北方老家。经过近二十小时的颠簸，良子在医院里看到了自己的儿子和母亲。六年了，父子俩才第一次见面，小虎的右眼被纱布紧紧地包裹起来，左眼忽灵灵地转，不言语，不吭声。母亲见到良子就哭开了，不敢大声，用衣襟捂着嘴，呜呜咽咽。

良子搂着小虎，安慰母亲，自己的眼泪也如同扯线般落下。据医生讲，小虎的眼睛戳得很厉害，不仅眼白划破了，而且将光线聚焦在视网膜上的晶状体也伤到了，失明的可能性很大。良子白发苍苍的老母亲扑通就给医生跪了下来："医生，求求你了，就算把我的眼睛挖下来，也不能让孙儿失明啊！"那嘶哑的声音像一柄刀子在剜着良子的心。医生只是无奈地摇摇头。安顿好母亲，小虎才同良子熟络起来。

"你是我爸爸？"

"是。"

"那我妈呢？"

"她还在惠州。"

"她在惠州干什么？"

"看档。"

"看档干什么？"

"给你挣钱看眼睛。"

"我眼睛没瞎的时候呢？"

……

晚上，良子同小虎睡一头，良子给小虎讲故事，良子本不会讲的，但他还是绞尽脑汁讲了一个：从前有个人叫司马光，有一天，一群小孩在玩耍……

小虎说："听过了，是《司马光砸缸》。再讲一个。"

"爸爸不会讲了，你给爸爸讲一个。"

"我也不会讲，我给你唱个歌听吧！"小虎唱：世上只有爸爸好，没爸的孩子像根草，离开爸爸的怀抱，幸福哪里找。

小虎反反复复地唱，唱得良子一夜没睡好。

一晃，七天过去了，小虎的眼睛拆了线，效果很不理想，不仅是失明，而且流黄水，严重感染。医生说："继续住院，打针吃药。"

怕小虎闷，良子找来手推车把小虎推到后花园里，花园里开着各式各样的花，红的、白的、黄的，相互争艳，煞是好看。良子问："看得到那些花不？"小虎说："看得到，怎么一枝上面长出两朵呢！"良子莫名其妙，再看看小虎，眼里立马涌出了泪。

小虎说："爸爸，你哭了？"

良子说："爸爸没哭。"

小虎说："你骗人的，我能感觉到你想哭。其实，爸爸，你知道不，你和妈妈要是在家，我的眼睛就不会瞎的。他们都欺负我，说我爸妈不在家，打了也是白打。"

这下，良子是真的哭出声来了。

又过两天，良子忽然发现一个奇怪现象：小虎每次喝完药，总要往厕所里跑，很快就传来哗哗的冲声水。良子很好奇，偷偷跟过去一看，只见小虎把要喝的药都丢到了马桶里。良子的火气腾地就上来了。

"说，为什么不喝药？"

小虎摇摇头。

"是不是很苦，很苦也要喝啊！"

小虎还是摇头。

"你扔的不是药，是你妈起早贪黑一分钱一分钱攒的血汗钱，懂不？"这下小虎点了点头。

"下次一定要喝下去，喝下去，你的眼睛才能好得快。"良子的话说到这儿，小虎哭了。

小虎哭着说："我就是不想让眼睛好，才把药丢掉的。我的双眼都瞎了才好，我的眼睛都瞎了，你们就能在我身边，给我讲故事，陪我去公园。爸爸，别再丢下我去打工了好吗，我日日夜夜都在想你们回来……"

青山依旧在

城区政府对面有一个修单车的，有五十出头的样子，面善，见到人时一脸亲切的笑。

他的家当很简单，一部很旧的单车、一个工具箱。早上来，在两棵大榕树中间定好位置，打开工具箱，取出打气筒、剪刀、细锉、胶水、各种扳手，往油布上一放，就算开业了。中午，坐在工具箱上，背靠大树，吃着自带的干粮，有时是馒头，有时是盒饭，就着矿泉水就是一餐。夕阳西下，他收拾起家当，用自行车驮着工具箱，叮叮当当地消失在暮色中。

他刚来时，我的很多同事都认为他生意不好。这里一无工业区，二无学校。除了城区政府，就是火车西站。惠州的火车西站是货运站，基本没客。城区政府稍有钱的人大都以小汽车代步了。只有诸如我们这种聘用人员，因薪水少才会踩单车。

我踩的单车很旧，还是别人送我的，车身本是天蓝色的，不知为何却刷满了红漆。很难看，也很显眼。所以，我的车根本不用上锁，也没人去偷，看门的保安个个都知道这部车是我的。有了车，就会去修。充个气，补个胎，调下轮圈。我喊他老板，他笑笑，露出一口洁白的牙，说："惭愧，惭愧，叫我王师傅好了。"

于是，就知道他姓王名青山。北方人，老伴死得早，他和儿子相依为命，儿子走到哪里，他跟到哪里。儿子考上大学在北京读书，他就在天子脚下的胡同口修单车。今年儿子应聘惠州一家大公司，税后月薪能拿到八千元，本想让他享享福，他却闲不住，非要出来干老本行。用他的话说，他是儿子的影子，儿子是他的命。

王师傅手艺很好，特别是对变速车的挡位，调得又快又准。有些高级变速车前面三个挡，后面五个挡，前后一起变，就是十五个挡位。他一边转动轮子，一边调变速器，直听得手柄旋转啪啪响，上了油的链条从高到低，再从低到高，服服帖帖地蹿上跳下，没有一挡卡壳的。

王师傅这一手为他带来了好生意。城区政府的对面就是高榜山，山不大，树木保护挺好，一年四季，郁郁葱葱。这里污染少，空气清新，号称惠州的肺。山顶有电视转播台，从山顶到山脚除了一条环山道外，还有石阶相连。这就方便了那些爱运动的人们；一早一晚，山脚下停满了小汽车,到了双休,能把城区政府大门口的停车场也停满。有的爬山,有的踩单车,踩单车的小伙子有了王师傅做后盾,一些牛气冲天的小伙就越发显得有恃无恐,竟敢从崎岖的山间小道往下冲,像表演,引来爬山的人一片尖叫,把整个高榜山都闹得沸腾起来。

这样口碑相传,很远的人都会跑来找王师傅修单车。王师傅手艺好,收费也廉价。一次,一位胖老头儿的折叠车被大货车碾变形。这是一部进口单车,丢了,可惜;不丢,很难修。这胖老头儿经常来爬高榜山,同王师傅面熟,就用小轿车把单车载到了王师傅面前。王师傅看了看,说:"行,就是要花时间。"胖老头儿说,这是外国货,只要能修好,不怕花钱。

王师傅说干就干,把单车的零部件全部拆散,该敲的敲,该打的打。单车钢材性硬,他的锤子全部用皮子包一层,这样使力,不怕振坏表皮油漆。经过三天的敲打,单车修好了,依旧光彩照人。王师傅手上也脱了一层皮。结账时,王师傅只收王十元,胖老头儿不解,想多给点。王师傅笑说:"不必啦,我主要想看看到底是外国货硬,还是我的手硬。还行,我赢了。"这话,让在场的人听了都挺动容。

逢到节假日,他儿子也过来帮忙。爷俩聚在一起,有说有笑的，很像兄弟。中午人少，爷俩也开开玩笑。儿子说："爸，你再找个伴吧，多一个人关心我，多开心啊！"王师傅就说："你赶紧找个媳妇吧，多一个人孝敬我，多幸福啊！"

"那好，我们拉钩，一起找。"儿子伸出手，王师傅就呵呵地笑，脸上挂满阳光。

到了年底，儿子由于业绩突出，公司给了一套三室一厅的房子。要搬新家了，王师傅知我爱写爱画，就找到我的办公室，让我给他写副对联，以示喜庆。我想了想，挥手写下：

青山依旧在，

几度夕阳红。

虽不大符合对联的要求，但我从王师傅笑眯眯的脸上读出了，他懂。

南方冬天不下雪

南方冬天不下雪，风里却藏着针，刮得人干冷干冷地疼。

那个中年男人就站在十字路口，缩着手，一双冷漠的眼睛望着在街上穿梭的红男绿女。身后为他抵挡寒风侵袭的是那个括号型的公用电话亭。

朋友称那中年男人叫胡子。那中年男人的胡子也确实厉害，除了鼻梁和突起的颧骨外，整个脸上布满了又粗又硬的胡须。如果再长长一些，不用化妆，就可以同被美军抓获时的萨达姆相媲美。因为胡子多，很难看出他的实际年龄。

朋友知道胡子住在哪儿。朋友经常去凤凰城夜总会，喝扎啤，摇色盅，冬天还开着冷气，为的就是让小姐们多喝酒。看着小姐们喝得东倒西歪的样子，朋友才高兴。朋友是老板级的人物，用一句流行过时的话就叫穷得只剩下钱了。朋友说："常来这里的人物都是他奶奶的——贱！"不知说他自己还是小姐。

啤酒一喝多，自然就得拉尿。朋友拉尿挺金贵，他不拉在洁净明亮的洗手间里，却偏偏要跑到外面去。凤凰城建在城郊，是一座花园式的娱乐场所，楼房不高，只有两层，占地面积挺大，里面设有假山喷泉，风景很优美。朋友从角门里出来，就是一截废弃了的胡同，杂草与野花并存，空气中散发着草的腥味。朋友就在这幽暗的地方方便。

问他为啥？他说："暗暗的，顶好。"

就在这截胡同里，朋友看到了一间半拉子破屋，屋里就住着胡子。然而到了开春，胡子就不见了，胡子就如同一只过冬的候鸟。

一连三年的冬天，胡子都出现在这南方的小城。

胡子的出现引起了朋友的兴趣。朋友住的豪宅就在十字路口的一边。每天傍晚的时候，朋友给阳台上的花浇浇水，给笼子的鸟喂喂食，一搭眼就看到了胡子的身影。朋友看胡子，胡子看着人群，眼神漠然而专注。

朋友觉得好笑："这人有什么好看的，两个眼睛一张嘴，两条胳膊两条腿。"

朋友听过胡子唱的歌，就在那间半拉子破屋里。胡子声音怆怆的，很投入，别有一番滋味。朋友学给我听：

怒发冲冠凭栏处，潇潇雨歇。抬望眼，仰天长啸，壮怀激烈，三十功名尘与土，八千里路云和月。莫等闲，白了少年头，空悲切。

我说那是岳飞的《满江红》。朋友哦了一声，想不到这胡子肚子里还有点墨水呢！

朋友知我生性爱静，不请我去卡拉OK，而请我去泡脚。车出十字路口，天已完全黑了下来，只有冷风嗖嗖地吹。我们看到胡子裹紧了衣服也正往前行，脚步有点颤颤的。我们要去的地方就是霓虹闪烁的凤凰城。

朋友要了一楼的18号房，并且点了18号小姐来服务。进了娱乐城的小姐好像全都不是人了，在这里，她们没有姓和名，有的只是胸前的数字和符号。

18号我见过，是一位正在发育的女孩。额头、鬓角、唇边都长有细绒线的汗毛，一副怯怯的样子。朋友说这是个刚出壳的雏儿，绝对不超过十五岁。我的心就莫名其妙地跳了两下。

朋友第一次来的时候，就把18号吓了个愣怔。朋友躺在软软的沙发上，也斜着眼睛看着18号为他调水、配药。

18号问："要盐水还是足光粉？"

朋友说："哪种贵就用哪种。"

18号就拿了一袋足光粉倒进脚盆里。只眨眼的工夫，一盆清水就变得浑浊一片。就在18号要把朋友的双脚放进盆里的时候，朋友一抬腿，却把一只脚抵到了18号胸前最敏感的部位。18号赶紧后闪，一个屁股蹲儿坐到了地上，吓得俊脸儿几乎没有血色。

朋友笑了。"来，看看这是什么？"朋友晃动了一下入侵18号的那只脚，一张叠成小方块样的百元大钞从臭烘烘的脚丫子里掉了下来。

18号的脸在这一刻涨得通红。虽然窗外刮着冷风，但18号的鼻尖渗出一层密密的汗。这汗晶莹剔透，在灯光下一闪一闪的，像珍珠。

自那以后，朋友就订下了18号，按摩、洗脚、洗头，非18号不要。

18号也如一只羔羊随叫随到。

然而，今天我俩等了近一小时，18号却迟迟不来。

"18号呢？"朋友在回字形的走廊里截住了领班。领班赶紧赔着笑脸："她已被人包下了，并且18号说今晚也不想再上班了。"

哦，朋友感到很意外，脸上讪讪的有些挂不住。就在这个时候，我们听到了邻近的房间里传来隐隐的哭泣声。是18号。

朋友一把推开了虚掩的门。就见18号伏在一个男人腿上抽搐着，那男人竟是胡子。

胡子边用粗糙的大手抚摸着18号的秀发边喃喃低语，对我们的闯入视而不见。

"——跟我回去吧，你还小，这里不是你来的地方。小花、小序已经回去了，老天保佑，总算让我找着你了。"

"——跟我回去吧，你们栽下的小树苗已经长大了，长高了，溪流河上已架起了石拱桥，冬天你们再也不用蹚水过河了。"

什么乱七八糟的玩意儿？朋友听得不耐烦了，他要的是开心，要的是快快乐乐的享受。

朋友问："她是你的女儿？"

胡子摇摇头。

"她是你的小老婆？"

胡子又摇摇头，眼睛里充满了蔑视。很显然，胡子不情愿跟朋友这种人说话。这一下把朋友激怒了，砰地一拳，胡子嘴角顿时就淌出了血。

18 号尖叫一声，扑过来奋力推开了朋友。

胡子却不同朋友争吵什么，抬起手臂不擦自己脸上的血，却替 18 号擦了擦涌出的泪，眼睛里充满了无限怜爱。"跟我回去吧，小伙伴们都在等着你呢！"

18 号哭着跪了下来："老师，我对不起你，我再也不逃学了，我再也不躲避你了，明天我就跟你回去。"

一声老师不亚于一声炸雷，把在场的我们全都震住了。外面，狂风呼啸，一阵紧似一阵，刮得人干冷干冷地疼。

烤红薯里的爱

　　城区政府对面有一位卖烤红薯的小伙子，叫白波。每年的冬至过后，打几场台风（来台风了，客家人不叫刮，称打），天一冷，他就出现了。

　　白波的家当挺简单，一辆板车、一个炉子、一筐洗干净的紫皮红薯。别人烤红薯用铁皮桶，烧煤或者烧炭。他的有点特别，用的是泥炉，那种真正用黑油泥糊成的炉子。既光又亮，像一面深色的镜子。泥炉的外形有点像个大茶壶，无把，壶嘴就是烟囱。炉内分两层，上面铺满厚厚一层碎石子，下面烧硬性的木柴，烟少火旺。石子发烫后，用长钳把紫皮红薯埋进去，红薯就这样被烤得透熟。据城区政府的"海龟"靓女邱秘说，这种烤法叫石烤，烤出来的红薯表里一样，味道香、质地糯，而且卫生干净，在日本很流行。

　　白波一来，不用吆喝，那种从泥炉里散发出的香味、甜味随着高榜山上的风直刮政府大院，挡都挡不住。用邱秘的话说，馋死个人呢！于是三三两两来到摊点前。白波长得白净，见人都一脸笑，是块做生意的料。

邱秘常来买烤红薯。一早一晚，各一个，已成了白波的 VIP 客户。白波的红薯不论斤，论个儿。他选的红薯大小基本一样，细长型，一斤左右，卖三元。有时红薯没烤熟，两人就站在那里说说话。邱秘有气质，很漂亮，一头秀发乌黑发亮，结成辫扎在脑后。这年头，结辫子的女人不常见。

邱秘说："你这是石烤，在日本很流行。"

白波正在往泥炉里添硬柴，脸更红了。每次邱秘来，白波就感觉自己心跳加快，脸在发烧。

白波说："是石烤，我在日本打过工。"

"哦！"邱秘感到很兴奋。她在早稻田大学留过学，想到白波在日本生活过，一张嘴，就来了句日语，"昆霓七挖！"

"昆霓七挖！多左哟咯西苦（你好，请多关照）。"白波很迅速地回应。说完，两人都哈哈大笑。一下子，感觉关系亲近了许多。

有时来买红薯的人多，邱秘就在一旁帮忙，又是添柴，又是往石子里埋红薯的，忙得不亦乐乎。

有次邱秘出差，回来前夕定好时间，让白波给她留好烤红薯。几天没吃，等馋。哪知飞机延误，本应该晚上 9

点到，竟推迟到 0 点。打白波手机，无法接通。邱秘想，这冷飕飕的天，白波肯定回去了。打的到了楼下，邱秘总感觉心里有根细细的弦在牵着。放下行李，邱秘再次坐车来到城区政府对面，一看，白波果然还在那里。

炉子里的火早已熄灭了，白波操着双手，蹉着步，看到邱秘从车里出来，一脸幸福的笑。

"你这傻瓜，怎么还在这儿等我？"

"你说过，今晚来的。"

"我要是不来呢？"

白波不答，笑着从怀里掏出了一个又大又圆的烤红薯。捧着热乎乎的红薯，邱秘鼻子一酸，泪水悄无声息地流了下来。

白波同邱秘走得近，惹得老虎不高兴了。老虎的父亲是包工头，有钱。老虎费了九牛二虎之力才把邱秘变成女朋友。

老虎对邱秘吹胡子瞪眼，邱秘不理他。老虎把广本车径直开到白波的摊点前，摇下窗，丢下几句话："小子，少跟邱秘黏糊，小心你的腿。"白波依旧笑，每天一早一晚依旧把烤得最香的红薯留给邱秘。

一晚收了档，白波绕着高榜山往火车西站走，那儿偏僻，房租便宜，不想被几个男人用布袋罩住了头，按倒就打。

"小子，还跟邱秘来往不？"

白波不吭声。

"不说，给我打。"

噼里啪啦一顿拳脚，白波喘着粗气，就是不吭声。

"再不说，打死你。打！打！"

几个回合下来，白波已遍体鳞伤，但依旧不出声。这时，幸亏有巡逻的治安员过来，几个人一哄而散。

第二天，白波眼也青了，脸也肿了，瘸着腿，依旧去摆档。邱秘看到他，一脸的愕然。

"咋啦？"

"不小心摔的。"白波笑笑，比哭还难看。

邱秘眼睛忽灵忽灵地转，她不接白波递来的红薯，转身走了。

到晚上，邱秘再来，一双眼睛通红。

"对不起啊，白波。"邱秘哭了，哭得很伤心。

"是我不好。"白波搓着双手，不知该如何安慰邱秘。

"白波，我想去你的出租房看看，行不？"

"真想去？"

"嗯。"邱秘使劲地点点头。

白波很快收了档。拉着板车，迎着刺骨的冷风，和邱秘走成了一排。离出租屋还有老远，白波就喊——

"妈，我跟你说的那位好姐姐邱秘来看你了。"

合生大桥

一大早，三个女孩就醒了。

半个月前就已约好，等合生大桥通车了，找个休息日去看看。

三个女孩没有双休，只有单休，并且只是半天。也就是说，这半天的时间可以出去自由活动一下，其他时间都没离开过猪老板的视线。

现在合生大桥通车了，可一到休息日，不是这个有事，就是那个走不开。昨天晚上，三人拉钩，第二天，不论有天大的事，一起去。然后三个人就去找猪老板。猪老板一听说她们要去看合生大桥，嘴都撇歪了。"一座桥有啥好看的。"

她们不笑。猪老板望着绷得紧紧的三张脸，口气稍稍软和些："去吧，老规矩，有急事就要提前回来。谁超时，别怪猪哥不客气。"

见猪老板答应，三人开心得差点儿蹦起来。合生大桥对她们有太多的诱惑。桥还在建时，她们站在楼顶就能看到那高高耸立的塔尖。三人中数红红念的书多。红红说："这是斜拉式大桥，在东江的中央建两个墩儿，两边拉上钢索，担住桥面，就可以通车了。"青青说："这桥肯定没有我们家的石拱桥结实。"圆圆在一旁笑青青："你那下面流的是小溪水，人家这是河。"红红听后就咯咯地笑，这一笑，把本没留心的青青笑回过味，伸手在圆圆脸上揪了一把，小声骂："贱。"

合生大桥建好，每到夜晚，装饰在桥上的灯光次第闪烁，流光溢彩，如同一幅画展示在东江的上空。那白得耀眼的桥墩、高耸的塔尖、粗壮的钢索像一个精神抖擞的男人吸引着她们。

为了看桥，三个人起床后都精心化了妆。眉毛细不细，嘴巴红不红，粉底匀不匀。除了对着镜子，还互相观望，好像在为一个共同的情人打扮着。直到太阳升起一竿子多高，她们才花枝招展地出了门。

现在，她们来到了大桥上。从踏上引桥开始，她们就被这大桥紧紧地吸引住了。这桥真大，塔尖竟然比康帝酒店还要高。两个桥墩像两个孔武有力的巨神叉开双腿屹立在江中。桥下，水流湍急，波浪翻滚。

"来，我们猜猜，这桥像个啥？"

"肯定像个男人啊！你看，有头有腿的。"青青抢先回答。

"我可不想让它像个男人，要是人，身上插满那么多钢索，不难受死才怪。"圆圆的头摇得像拨浪鼓，边说边数那些斜拉出的钢条，1、2、3……一直数到27才住嘴，"看看，半边就27根呢，多残忍。"

红红说："像鸟。"一说像鸟，大家都歪着头看了又看，果然像鸟。那塔尖曲线流畅，像鸟高昂的头，两边的斜索呈扇形铺开，好像鸟的翅膀。

真是不说不像，一说，就越看越像。

"我知道了，这是天鹅。"

"哦，对，肯定是天鹅，惠州不是叫鹅城吗？"

三个女孩为自己的聪明见解高兴得抱成了一团，叽叽喳喳像麻雀一样又唱又跳，桥面上发出咚咚的高跟鞋声。

这时，一部小轿车缓缓地开了过来，司机摇下窗子，露出一张年青的脸："喂，小姐们，你们要……"后面说什么，没听清。

"呸，你才小姐呢，你家姐姐妹妹都是小姐。"圆圆性子躁，一张嘴像机关枪一样。圆圆这一回敬，那车竟停住了，然后往后倒。这下把圆圆吓得脸都白了。青青和红红把圆圆藏在了身后。三个人的手掌里都出了一层密密的汗。

没想到退回的年轻人很和气地对她们说："靓女啊，你们走错道了，那边是人行道，这是机动车道，快过去吧，在这里散散漫漫地逛，很不安全的。"说完一溜烟地跑开了。

"哇，吓死我了，我还以为……"三个女孩呵呵地搂在一起。

"要是我们是惠州人多好啊！"

"呸，甭想了，下辈子吧！"

"哈哈，也说不准，要是我们嫁给了本地人，不就可以在此安家落户吗？"

"可是，可是……"

提到嫁人的话题，三个女孩子都低下了头，望着滚滚翻腾的东江，不再吭声。

"有时，我真想从这里跳下去。你看这里面的水多干净，死了也是很美丽的。"沉默了半晌，红红突然说出这么一句话来。

"不要，你干净了，你那上学的弟弟咋办，还有你妈。"青青极其小心地应了一句。

"来，说点开心的。"圆圆说，"你们看这桥多美，我们一起留个影吧！"

"可惜没带相机。"

"不怕，用手机照吧！"

圆圆掏出了手机，青青和红红两人手挽手，肩并肩，背依着白花花的桥墩，露出一脸天真的笑。

圆圆刚刚喊了声茄子，电话响了，是猪老板打来的，说有客人来了，速回。

"我不想回去。"青青说。"我也是。"圆圆说。

"可我们一定要回去。"红红极不情愿地松开青青，慢慢走向那高高耸起的塔柱，伸开双臂，搂住了冰冷的桥墩，然后闭上眼睛，深深地吻了下去。

顿时，雪白的桥墩上留下了一个鲜红的唇印。等红红抬起头，她看到青青和圆圆的眼睛都湿润了。

桃花流水鳜鱼肥

擦黑，儿子回来了，脚步把村前的小路踩得啪啪响，震得路边的桃花落了一地。狗跟着就狂吠起来。

老铁倚墙而坐，眯着眼，瞅着渐行渐近的儿子，不起身，也不吭声。儿子自是瞧见了爹，忙放轻脚步，来到老铁面前，立住。

儿子掏出烟，递给老铁一支。夕阳的余光像被顽皮的孩子涂抹上锅烟，黑黑的。老铁看不清烟盒上的字，正犹豫着，儿子说话了："双喜的，十元一盒，我抽得起。"

老铁这才笑一下，接了。儿子紧绷绷的脸上也绽开些笑容。

"知道村里的狗为啥咬你不？"抽口烟，老铁问。

这个，儿子确实没想到。按理，他是经常回来的，这狗不应该吠他才对。可今儿个怪了。

"因为你不合群，你的心没跟这儿接地气。"老铁乜斜一眼儿子身上衣服，儿子心里咯噔一下。这是套崭新的西装，为此，他还特意打了条领带。

"难道我就不能穿好衣服？"儿子有点不服气。

"当然可以，可要看在啥场合。你回到自己的窝，这种打扮，狗就觉得你变了，能不咬你？"

儿子不屑地哼了一声。

"不信，把这套衣服换上，再走出去试试。"老铁指指墙角，那里有一堆渔具，渔具上面放了一套普通的农家衣裤。

儿子极不情愿地脱下西装："你心急火燎让我回来，不是为了让我穿这套衣服吧？"

"当然不是。走，跟我捕鱼去。三月桃花开，鳜鱼肥着呢，谁不馋呢！"儿子心里又是咯噔一下，乖乖跟着老铁往村外走。

你还别说，这次狗见了他们，没一个龇牙咧嘴的。

路上，有村民打招呼："王书记，去哪儿？"儿子习惯性张开嘴，想答，却发觉自己错了。老铁说："走走，去河边抓点鳜鱼。"

村民笑："你还缺鳜鱼吃，言一声，都往你家送。"

老铁说："不了不了，自己捕的，那才香。"

听这话，儿子脸上火辣辣的。

走到河边，天已完全黑透，只有两支烟头忽明忽暗。

这条小河从山崖子里流出来，水清藻绿，是村里的命脉。老铁退休后，不愿待在城里，回家义务当起了这条小河的巡逻员。他不许别人砍树，更不许别人电（药）鱼。有人偷偷做了，他就追到人家屋里去，坐那里不走。直到那人拍着胸脯保证下不为例，他才离开。遇到特别有困难的家庭，他走时，会悄悄放下一些钱。

渐渐地，这条小河日益丰腴起来。

儿子少年时期，多次跟老铁来捕过鱼。他最爱吃的就是鳜鱼，那肉细嫩鲜美，脆香可口，故有"席上有鳜鱼，熊掌也可舍"之说。也因此，儿子对捕鱼这套程序了然于胸。

他们找了个小汊沟，开始挖窝。窝子挖得越深，留下来的鱼将越多。老铁操起锹，儿子说："我来吧！"

老铁想了想，说："也好，这大黑天的，你一个人干活，我帮你瞅着，也省得跑偏了路数。"

儿子咂咂嘴，觉得老铁话里有话。于是，赶紧换个话题："爹，你知道不，今晚我还有一件重要的事要办呢？"

"知道。"

知道？儿子心里一惊，不再言语了，把浑身的力气全使在锹上。不一会儿就汗流浃背，手掌上也磨出两个水疱。不过，儿子不敢吭声，他知道，老铁正紧紧盯着他呢！

窝子挖好了，星星也撒满天空。儿子看看手机，已快

10点了，儿子有些焦急。老铁说："干什么事非要等到这个时候？今晚就陪我抓一夜的鱼。"

黑暗中，儿子感觉老铁的双眼像X光，自己内心那点雾霾被照得紧缩一团，不敢放肆。

老铁在汉沟上游放水，儿子便拿起兜兜网扎在窝子后面，这样可把往下游逃窜的鱼挡回窝子里。

做好这一切，父子俩边休息边聊天。再过两三小时，等露水全下来，鱼儿抢食吃，就可收网了。

老铁说："你给我说说话。"

儿子说："说啥呢？"

老铁说："说啥都可以。"

儿子像哑巴一样，好半天都没吭声。

老铁说："要不，我给你唱个歌。"

儿子扑哧笑了："你给我唱歌？"

老铁说："对啊，就是你小时候，我教你的。来，我唱，你也跟着唱。"也不管儿子同不同意，老铁就唱了：

月光光，照山岗。骑竹马，过河塘。河塘水深不得过，娘子牵船来接郎。问郎长，问郎短，问郎此去何时返……

老铁唱着唱着，儿子就接上了。父子俩一块儿唱，唱得蛙鸣虫叫，草木散香。

露水下来了，好大。

父子俩起网，从窝子里打捞起一兜篓鱼。有鲢子、鲫鱼、白条、草棍，最多的是鳜鱼。老铁看看鱼："这个，小了，放吧！那个，正长呢，也放了。"

儿子看看老铁，忽然什么都明白了，提起兜兜网，走到河边，全放了。

老铁像孩子一样哈哈大笑。

趁老铁不注意，儿子掏出手机发出一条信息：今晚活动取消，今后这样的活动也不许再搞。

发完，儿子陪着老铁一起笑。远处传来几声狗叫，友好且悠长。老铁说："走吧，回家。再不回，它们就会跑来接我了。"

天下仙人渡

当我们感到快没有希望的时候，从江心岛划出一条船。浅黄的船身，半圆的乌篷，船尾站一老者，手执双橹，奋力向这边划来。

老海说，还是我的运气好，吆喝几声，把上帝都感动了，让老人家亲自出来接我们。

众人都夸张地笑，只有我心中扭曲着。

来江心岛看看，源于教授在课堂上讲到程大鹏。一提起他，教授顿时像抽了白粉一样兴奋："这家伙，厉害！以前在滨市做官，据说口碑还不错。调到水城后，大权独揽，肆无忌惮。经查，当前水城贪污最多的是他，玩女人最多的也是他。在江心岛，他私人拥有一座'白宫'，每晚至少要两个女人服侍他。然而这豪华的安乐窝，最后竟成了他的葬身之地……"

教授还说了什么，我们没记住。而"江心岛、'白宫'、女人"这几个词却牢牢占据我的脑海。趁下午自习，我们驱车向江心岛起来。

顾名思义，江心岛就是江中的一个小岛，面积有十多亩。如一叶扁舟，静卧在江水间。老海是本地人，介绍说："岛上原有几户居民，出入全靠两边的吊桥。程大鹏相中这块风水宝地后，以拆迁的名义将村民安置他乡，自己却在岛上建了'白宫'，并拆除吊桥，出入全靠红船。"

然而，我们到来，却不见红船。用电话一打听，程大鹏刚出事那阵子，这儿当成反腐倡廉教育基地，确实用红船运送过参观的客人。如今三五年过去了，程大鹏这点事已不值一提，故此，就没人来啦，红船也被收走了。不过，电话里人说，有一老头儿，私人做了一条船，在这里坚守着，你们喊喊，试试。

我们几个轮流吆喝，不见动静。眼见日头偏西，正准备返回，老海拼足力气号了几嗓子，老者应声而出。

上得船来，发现老者人瘦面冷，手背上青筋暴凸，浑浊的眼睛里布满血丝。老海说："老人家，我们去岛上瞧瞧，来回收多少钱？"

老人反应有些迟钝，怔了一会儿说："随便。"

老海笑了："这随便是多少，十块八块行不？"

老人没任何表情地点点头。老人一回话，我心里就咯噔下。他的口音和黝黑的面部轮廓，让我隐隐有似曾相识的感觉。

老人无趣，我们话就不多。桨声吱呀，绿波四散，乌篷船缓缓向江心岛划来。待上岸，老人忽然说："我可以给你们当导游吗？"

"你？"老海正要拒绝，我忙点点头。毕竟我是小组长，老海只好说："那就……来吧！"老人感激地冲我拱拱手。

上了小岛，绿影婆娑，鸟鸣啁啾，风景甚佳。我问老人："您老贵姓？"

老人愣了愣，苦笑说："我一个讨饭的人，做点小营生，哪敢妄称贵姓呢？来，我给你们介绍下，这条鹅卵石小路，当年就是大鹏要求铺的；这香樟，是他亲手种下的。他说岛上水气大，多栽樟树，可减少蚊虫。"

大海说："老人家，程大鹏可是贪官呢，怎么感觉你在替他念好经？"

老人脸一红，忙说："贪官人人恨，我也恨。坑了国家不说，也害了自家。只是，我想把知道的情况说给你们，也让你们多点收获。"

我说："老人家，你尽管说就是了。"

在老人的指点中，我们来到了"白宫"前。这是一栋欧式建筑，由主楼和副楼组成，主楼高五层，副楼三层。汉白玉石柱，圆形屋顶，白屋白墙白窗户，酷似美国总统府。大海说："真是会享受啊！"

老人忙说："起初，这里建房原本是想给全市有功之臣做休养用的。哪知建成后，太漂亮了，太豪华了，就好比刘邦进了阿房宫。好得让人挪不开步。他落得如此下场，身边缺少的是樊哙和张良啊！"

老人感觉自己有些失态，忙收住口。我盯着老人仔细看了看，顿觉脑袋嗡嗡的，像有团火在燃烧。

"白宫"大门紧闭，院子里游泳池已干涸，停车场内长满荒草。顺着院子走一圈，当来到后墙时，一堵雄壮的泰山石霍然矗立在眼前。老人站着不动了。老海的神情也变得严肃起来。老海说："当年，程大鹏得知事情暴露后，就在抓捕人员踏上小岛的那一刻，他一头撞在这石头上。这泰山石原本买回来当靠山的，不承想却成了凶山。唉，人啊，要知现在，何必当初呢？"

老海继续说："程大鹏出事后，他老婆就拿出离婚证，说两人早就办了手续。他的孩子早已改姓，在国外读书，至今没有回来。他老家那边，据说只剩下一个精神恍惚的老父亲。"

老海一席话，听得大家都有些揪心。此时，暮色涌起，我们急忙向江边走去。我看到老者双眼通红，脸颊上有没擦净的泪痕。

待登船，我们发现系缆绳的石柱上有一行大字：天下仙人渡。这字写得龙飞凤舞，铿锵有力，很有唐代怀素风骨。

我注目良久，感叹说："这是程大鹏的手迹，他还是很有才的！"

老海问："你怎么知道是他写的？"

我没回声，老人却非常肯定地点点头。

船上，我问大伙儿："有谁知道这五个字的意思？"大伙儿一片沉默。我抬起头来对老人说："大伯，你给我们讲讲吧！"

老人没想到我会这样称呼他，摇橹的双手一阵颤抖，乌篷船发出短暂的颠簸。老人清清嗓子说："他知道自己作孽太多，想乞求保佑，平安渡到彼岸，可惜人间没有神仙。有的，都是罪人！"

后面这话，让我们不寒而栗。

此时，我已知道老人是谁。我想对他说："是的，我们都是有罪的。在滨市时，大鹏不仅是我的同事，也是我的兄弟，可我没能当好樊哙和张良。我今天来就是为了赎罪的。老人家，你干吗要在这里坚守呢？"

车前草

刚坐下来，就收到朋友发来的短信：猪耳朵死了，高兴吧！

谁？他一时没明白。今天他到公司来，是想处理运输队队长大黄的事。这家伙，搅得他脑门子生疼。所以，他想不起猪耳朵是谁。

老车啊！车前草啊！朋友的信息再次发过来，他蓦然明白了。那个他曾经恨得牙根痒痒的老车死了——要不是他拿着鸡毛当令箭，现在也许他混到了处级干部。不就是挪用了几十万元的公款吗？单位头头他都摆平了，可摆不平老车。那个姓车，竟然叫车前草的小个子纪检组组长。

车前草是嘛东西？就是乡下人叫的猪耳朵！这个外号还是他当年起的。大学里，他学花卉专业，对花啊草的精通。

那时，他真恨不得把这个"猪耳朵"红烧了，下酒。最终，他输了，开除党籍。他无法在单位待下去，下海办起自己的企业。

也亏了猪耳朵"铁面无私"，这么一逼，逼得他成了知名企业家。记得有次在公园里，他看到瘸了一条腿的老车正在此翻一本很旧的书。老车身体不好，提前退下来。他走近他，不吭也不笑，身体的阴影遮住了老车的书。老车望他一眼，挪一下屁股，被遮住的阳光又迅速聚拢在书面上。

到底，还是他忍不住，他说："我是蒋谈。"

老车摇摇头，表示不记得。

他觉得他在装："当年你亲自处分了我，就是挪用几十万的公款！"

"哦！"

"我现在成了全县城知名企业家。"

"哦！"老车慢慢抬起头："那你就要悔过自新，否则，照样有人抓你。"

老车说得很慢，很平淡。没一点生气或者激动的样子。他觉得自己彻底败给了老车，败给了那个猪耳朵。

如今猪耳朵死了，喜乎？乐乎？他说不清楚。

正回想往事，厚重的红木大门被敲响。他知道是大黄。这人，面相诚实，心眼儿也诚实，诚实到不开窍的地步。他没好气地吼了一声："进来。"

大黄双眼通红，显得很悲伤。

要开除你，知道难过了吧！他暗忖。离开了自己的公司，到哪里能找这么高薪酬。

当初，他看中大黄，首先看中了大黄的技术。同样一个定点刹车，大黄能刹到碰着你的裤子而不伤你的汗毛。再者，他让人暗中唆使大黄把车开出去，卖些汽油赚酒钱，可大黄头摇得像拨浪鼓一般。这样的人，这年头，少见。于是，他决定把公司车队交给大黄管。

大黄上任后，第一件事就是把所有的司机召集起来，开门见山知会大家，今后谁再偷油卖，一律调离车队。确实有困难，他可以帮兄弟们向老板提出申请，但"偷"绝不是爷们儿干的事！

为此，他奖励了大黄五千元钱。大黄不要，他硬给，没想到，大黄把这钱平均分给了手下兄弟。

这样有情有义的人，谁都喜欢。可大黄给他惹了一摊子事。

就在上个月，小车班去参加一个庆祝活动，没想到晚上停在路边的十多部小车全部被人剐花。他们车队买的是全保，当然不怕，只要说是自己不小心剐的，保险公司就会全赔。可没想到大黄竟然报了警。稍有点经验的司机都知道，一报警，属于人为破坏，保险公司只赔七成，剩下三成，抓不到破坏者，只有自己掏。

他把大黄叫到自己的办公室，问："为什么？"大黄说话的声音也很慢："因为我不想说假话。"

就这一句，把他气得七窍生烟："这世道，为了钱，很多人都在挖空心思说假话。我们只不过顺水推舟而已。好，你清高，这钱你掏去。"

"掏就掏，要让我说假话很难。"

大黄给他顶住了，他觉得这人真不可思议，脑子不是进水，就是被驴踢了。不承想，三天前，大黄又做了一件他无法再容忍的事情。

今天，他要对大黄做个了断。大黄进屋来，没开口。他也不出声。屋里极静，墙壁上的石英钟嘀嗒响，很聒噪。到底，还是他忍不住，他问："大黄，我对你如何？"

"不错。"

"那你为何要揭发我和维修厂串通，骗取保险费？"

"因为你不该让我知道。"

"知道就要说？"

"不说良心受不了。"

又是良心，良心到底多少钱一斤？他简直忍无可忍。但他还不想就这么抛弃大黄。

沉默一会儿，他换个话题，问："你怎么会养成这种鸟性格？"

大黄叹口气，幽幽地说："老板，你可能不知道，我跟一个人跟了十多年，跟坏了。"

"哦，谁？"

"车前草，以前纪委的一个组长。"

咣当一声，他觉得脑子里有面铜锣在使劲地敲，震得他神经直跳。大黄继续说："可惜前天他走了，我好难过……"

他摆摆手，让大黄出去。

好久好久，他的脑海竟浮现出几行字：车前草，也叫猪耳朵，因为通常长在路上，任凭车子碾压，所以很皮实，是能够经受住踩蹋的顽强的生命。因其药用价值，人们常常俯下身子去采撷它。

这是他在大学里学的知识，这会儿特清晰。

爷父子

爷父子，捣蛋铺子。

这是地方俗语。捣蛋，对着干，谁也不服谁。

老耿和小耿就是这样一对父子。比如，大伙儿选小耿当村支部书记，老耿首先不同意。老耿说："这小子，没公心，不顾人，从我们一家人吃饭就看得出来。饭菜一端上，他就先动筷，专拣好的吃，狼吞虎咽。还得历练历练。"

大伙儿先一愣，后哄笑，认为老耿幽默，欲擒故纵。

小耿在多数人的支持下当了书记。前任书记——老耿退下来，当了委员。

老耿是孤儿，参加过对越反击战，在丛林里出生入死，立过军功。退伍后本来安排在国营单位当一把手，但老耿倔，偏要回到生他养他的小山村，心甘情愿地做了几十年的小村官。轮到儿子从部队复员，老耿才感觉自己实实在在地老了。看着依旧破落的村子，老耿对小耿说："留下吧，帮帮大伙儿。没有乡亲们当年的施舍，我早就饿死了，也就没有你，更不会有我们今天这个家。"

小耿准备去深圳，战友泥鳅给他介绍了一份差事，年薪十万。老板说，表现好再加。

小耿看看老耿通红通红的眼，思索了良久，才点头。

没想到，老耿竟然不同意他当书记。

小耿气，不理老耿，吃饭也不聚一桌，端起碗，夹点菜，蹲在门口榆树下，吧唧吧唧吃得山响。

老耿像没事人一样，瞅空就对小耿指点这指点那，说：学校的围墙裂了，娃们都是一群踩死蛤蟆踢死猴的主，要赶紧修修。说：夏季就要到了，河堤要加固，万一有个闪失，损失就大了。说：村东头老党员，也就是你贺大爷病了，已在床上躺了三天，你要去看看……

小耿烦了，反问道："到底我是书记还是你是书记？"

老耿也不示弱："你是书记，可我是你爹。"

"爹大书记大？"

"书记再大，也得听爹的话。"

小耿问得冲动，老耿回答得痛快。小耿无言，起身就走。

气归气，老耿的话小耿还是照着做了。学校砌围墙，他时不时都过去看看。给工人发一遍烟，说："要保证质量，孩子的事，不能闹着玩。"工人们拍着胸脯保证，这墙要是砌不牢，提头来见。河堤加固，他第一个扛着铁锹到现场——这里没有机械化，全靠人工挖土方。他一捋袖子，干。工地上一片欢腾。贺大爷病重，他率支部成员一起去探望，感动得贺大爷泪流满面。

春夏秋冬，一晃五年过去了，小耿赢得了群众极好的口碑，然而他却没有得到任何重用和提拔。先是镇里公选一名副镇长，按票数，他第一，然而公布的结果不是他。再就是县里要确定一批青年干部做接班人，德、能、勤、绩，他都是优秀，可最后确定下来的名单里依然没有他。和退伍的战友们相聚，他最寒酸。人家上了一瓶XO，他竟说这黄酒没有自家酿的好，辣辣的，没点甜味，笑得满桌子人喷饭。已是处级干部的泥鳅意味深长地拍拍他的肩，说："想当官，要会作秀。"

这话，让他嚼了又嚼。

进入6月，暴雨连绵。市里的头头亲自带队到各地巡视防洪工作。小耿眼前一亮，吩咐村里要准备好二十只木船。老耿骂他乱花钱，杞人忧天，说："这河堤我天天都在观察，结实着呢！"小耿只是笑笑，难得一次不顶嘴，只交代村干部要让村民们进行自救演习。老耿骂："神经病！"

没想到，让老耿意外的事情真的发生了，这天半夜，河堤决了口，洪水铺天盖地涌进村子。好在村民们都有准备，那边铜锣一响，这边村民们都收拾重要家当爬进小船。洪水来得快、大，冲倒了七八间房屋，但没有一人受伤。保住了性命的群众都说小耿有眼力，是个好干部。这样，一传十，十传百，小耿就成了非常时期的典型人物，受到了头头的亲自接见。

雨季过后，小耿连升三级，给县长做助理。

上任前一天，一直沉浸在幸福之中的小耿才发觉这些天来很少看到老耿，小耿心里顿时就慌慌的。

他想到了老耿，老耿就出现在他的面前，赤着脚，喘着粗气，手里还提了一双被泥巴包裹了的解放鞋。这鞋是他的。

小耿的脸一阵发白，浑身起鸡皮疙瘩。

父子俩对视良久，小耿慢慢地低下了头。

老耿一字一句地说："去自首吧，河堤是你做了手脚，经过挖掘才决口。"

"不。"

"你不去，我去。"老耿说着就往外走。

小耿扑通跪了下来："爹啊，你是我亲亲的爹啊，你不能把这事沤在肚子里吗？"

"不能。"

"那我就死在你面前。"

"你死在我面前，我也要把这事说出去，否则，我就对不起把我养大的百家饭，就不是一名上过战场的军人，也就不是你的爹。"

　　老耿说完就往外走，任小耿将头在青石板上磕得鲜血直流。

兵

兵说："连长，我已到了火车站。"

老人说："你定个方位，我一会儿就去接你。"

兵说："是。出口，左边，三十米。"

老人在电话里笑了。虽然他还没有完全搞清楚这是哪个兵，但对答之间，昔日部队的军魂就出来了。

没错，这绝对是他的兵。

司机载着老人来到火车站，按照方位，老远，老人就看到了兵。兵的背驼了，脸皱了，头发也白了，但依然如一棵倔强的树，努力地站直身体，目视前方。

兵也看到了老人，赶紧放松身体，紧跑几步，来到老人面前。啪地立正，挺胸，敬了一个军礼。

老人拉住兵的手，两双饱经沧桑的眼睛里都含满了泪水。

兵喊："连长——"

旁边的司机提醒说："不是连长，现在是副省长。"老人瞪了司机一眼，司机的脸腾地红了。

老人说："走，去我家，趁这两天休息，带你好好看看这座大都市。"兵说："不了，家里有牛，有猪，还有娃儿，七八张嘴等我伺候呢！我只住一宿，明天就走。"

兵说话有些喘，喉咙里痰涌上来，呸一口，吐到了马路上。

老人立刻皱起了眉头，不悦地说："你怎么这样，不能随地吐痰。"兵没有看到老人的脸色，边擦口水边嘻嘻地回答，"吐痰算个屁，你当年不是带着我们四处撒尿吗？"

这下轮到老人的脸唰地红了。

老人这才想起兵受过伤，一颗子弹从他的肺部穿过，还好，命算保住了。老人说："时代不同了，要讲文明，最起码要尊重环卫工人的劳动。你看看他们，扫马路扫得多辛苦。"老人说完，从衣兜里掏出纸巾，蹲下去擦马路上的痰。

兵愣住了，忙扶起老人说："连长，我错了。"

老人将几张纸巾塞到兵的手里："记住，有痰了，就吐在纸巾上，然后放入垃圾桶。"

兵使劲地点点头。

吃完中午饭，老人带兵参观这座城市的公园、建筑、林荫大道，老人还带兵去照相馆照了一张合影照。老人紧紧搂住兵的肩膀，两颗花白的脑袋紧紧靠在一起，老人一脸的慈祥。

晚上，老人把兵带回自己家里，与自己睡一个房。

兵说："嫂子呢？"

老人说："走了。"

兵叹了一口气，好久没有说话，只有墙壁上的闹钟嘀嘀嗒嗒走个不停。第二天，兵要走。老人起来很早，上下眼皮都有些肿。他望着兵洗脸、刷牙、穿好衣服，然后说："你这次来，托我给你办的事，我还是不能办。"兵说："为啥？我可是你的兵啊！你这边按政策规定，凡上过朝鲜战场的人都能享受一定的补助，可我们那边为啥就没有我的名呢？连长，我们县里的头头曾在你手下工作过，你给他打一个电话，绝对能行。"

"不！"老人说，"我不是你们那边的领导，也不清楚你们那边的具体规定，更管不了你们那个县，这个电话我不能打。"

兵不作声了，捂着胸，吭哧吭哧地喘。

老人拍了拍兵的肩说："回去吧，一切都会好起来的。"

兵坐上车，老人从衣兜里掏出工作证，打开，里面夹有三百元钱。老人捻出两张，递给兵说："你这次来，没遇到发工资的时间，只能给你这么多了，保重。"

兵不拿。老人目光一凌，瞪了兵一眼，兵乖乖地接了。

老人又说："把我和你的照片保管好，回去后，若真遇到地方刁难，可拿出来给他们看看，或许能帮到你。"

说完，老人挥挥手，让司机走。

兵从后视镜里看到，老人在挥手的同时，大颗大颗的眼泪顺着他苍老消瘦的脸颊流了下来……

——我把这个故事讲给很多人听，很多人都说我，写小说的，净瞎编。其实，这是真的，只不过，兵是1950年的兵，兵和老人都已去世十多年了。为了他们，我还要把故事继续讲下去，不管你信与不信。

那山那人那狗

狗叫小黄，走在前列。我在最后，中间是父亲。

山路扭着水蛇腰，若隐若现通往莫家岩。父亲肩上的竹扁担随着脚步起落，吱吱有声。扁担两头是红绳子系着的"百宝箱"。里面装有针头线脑、各种样式的糖果，以及木梳、镜子、粉盒，还有钓鱼钩、钓鱼线等。乡村日用小物件基本上应有尽有。在扁梢上挂着父亲自制的拨浪鼓。鼓面用蛇皮绷成，两侧缀有佛珠，摇起来咚咚响，它代替了父亲很多语言。

是的，我的父亲是一个货郎担。

20世纪80年代末，大部分货郎已改弦易辙，只有我的父亲还在坚守着。他说，莫家岩的乡亲需要他，那山窝窝里不通车。并且再三强调，在我赴任前一定要陪他去下莫家岩。

听这地名，我心里就极不情愿。那将是我的辖区，以这种身份去，万一……多掉价。

父亲说："人往上走，太容易了，要小心。"这话有点矛盾，可父亲并不解释。他话不多，见到人时脸上便堆着笑，常回应的话就是：好，好的，你放心。与巧舌如簧的商贩相比，我不知道，这些年来，他是如何做小买卖的。

　　回乡本是想躲开不必要的应酬，待在老屋内清静几天，没想到父亲坚持让我跟他走一趟。他说："跟我走，也许你会更清醒。"我知道父亲脾气极犟，认定的事从不更改，只好极不情愿地跟在他身后。

　　莫家岩真穷，穷得连山都长不出像样的树木，只有些刺蓬草、地沙荆在阴暗处顽强生长。大多是褐色石头，裸露着。风一吹，就迷眼，灰蒙蒙一片。

　　还好，莫家岩村子中间有一棵树。老远，我们就看见了，是金钱榆，高大、婆娑，罩住树下几户稀稀拉拉的人家。

　　快靠近村子，父亲取下拨浪鼓，轻轻摇动，咚咚有节奏的声响便在乡间小路传送开来。小黄配合着鼓点，扯开嗓子吠。随着叫声，没看人出现，倒有几条大小不一的狗撒着欢儿飞奔而来。它们是来迎接小黄的。见面后，又是拥抱，又是撕咬，三五个滚在一起，把本来就忧伤的花草蹂躏得死去活来。

　　到了榆树下，已有一圈人在等候。大多是老人与小孩，有的提来鸡蛋，有的拿着废铜烂铁，还有抱来一大包塑料底鞋子。搭眼望见，便高声喧哗：

"老黄，你可来了！"

"老黄，硫黄和臭蛋（樟脑丸）带来没？"

父亲边应答边快步走到树下，放下担子，顷刻便形成中心。有小男孩吸溜着鼻涕，毫不客气地夺走父亲的拨浪鼓，咚咚一阵摇动，引得其他孩子围攻，纷抢着要。

父亲打开"百宝箱"，打开了莫家岩生活中小小的激动，还有那难得聚在一起的温情。

"张大娘，这是你要的鞋拔子。对了，现在你还做鞋子吗？年纪大了，可要注意身体。"

"老嫂子，我给你带来驱蛔虫的宝塔糖。记住，给孙子一天只能吃两颗，不能吃多了。"

"老哥子，给，玉石烟斗。"

……

有位阿姨，年龄和父亲差不多，她用个小布兜兜了两截剪下来的粗辫子，坐在一边，看父亲忙活，时不时用眼角瞟瞟我。

我学父亲，脸上堆着笑，也望着她。

她忍不住了，扪扪父亲的肩，问："他是谁？"

她这一问，周围的人仿佛也才看到我似的，脸上挂着同样的疑问。

我真的生怕父亲说……

父亲看我一眼，低下头继续给大伙儿拿东西，漫不经心地回道："他是小黄。"

问话的阿姨乐了："小黄不是狗吗？"

大伙儿一听，轰地都笑了。父亲忙更正："那他是大黄。我儿子呢，这些天在家闲着，让他出来见识见识。"

我长长吁口气。

阿姨说："你知道不，你这次迟到两天，村子里人都很焦急呢！春妮妈，昨天没等到你，今天下山去买发酵粉了，你要给人家道个歉。"

父亲说："好，好的。"

阿姨说："下次不能再这样了。要做这里的生意，就要守时，说好隔十天来一趟，一定要兑现。否则，你这么多年的名誉都毁了。"

父亲说："好，好，你放心。"

阿姨说："现在世道变化快，万一……万一哪天你不能来了，也要和大伙儿说一声，免得大伙儿都惦记你。"

听她这么一说，我的心莫名地颤抖了一下，鼻腔有些发酸。我忽然感到父亲让我来莫家岩是有用意的。而我一开始，竟然有点误会了父亲。

阿姨将布兜递给父亲，父亲问："要点啥？"

阿姨又瞟了瞟我，这才说："他是你儿子，话就明说了。我是帮春妮妈办事的，春妮爹要办周年祭，想托你下次来，带回些祭品，比如手表、录音机什么的。那死鬼托梦给春妮妈，现在他还没过奈何桥呢，有小鬼守着，要收贿。不给点好处，会打入血河池受罪。唉，可怜春妮爹，活着受了一辈子的罪，死了，多老实的人，也要被逼着去送礼……"

父亲愣住了，他的手有些抖。父亲抬头看看我，我发现父亲眼里闪着泪。刹那间，我感受到了这目光中的重量。

阿姨将布兜塞进父亲的箱子里，然后起身，慢慢离开。那一刻，我感受到，阿姨塞下的不是辫子，而是春妮一家人的希望。再确切点说，是整个莫家岩的希望！

二十年后，我给新进公职人员培训。给现在的年轻人讲什么呢，他们愿意听什么呢？我思来想去，决定就讲当年自己即将担任县长时，随父亲去莫家岩的故事吧，标题就叫"那山那人那狗"！

红红的太阳白白的墙

上午，阳光很好，李大槐开始粉墙。

粉墙是糙活，不像砌墙那么过细，需要绷线、压茬、齐缝。否则，墙倒屋塌，可是要命的事。粉墙只需要把沙石、水泥、白灰调和好，往墙上涂抹均匀即可。

话虽这么说，但对李大槐来讲，依旧有难度。老婆香芹就曾抱怨他："你除了会教书，还能干啥？"

李大槐说："能把书教好，那也不是一般人能干的。"

香芹呸他一口："你教这么多年，还不是在这屁股大点的地方打转。这次乡村小学合并，你能不能留在学校，村长说了，关键看你的表现。"

提到村长，李大槐头皮就一阵发麻。他入赘金果湾，村长常常大槐长、大槐短地关心他，可有次开会点名，村长直接把他叫成"李大鬼"。他瞪了村长一眼，瞪得村长很不自在。

李大槐问香芹："那我如何表现？"

香芹说："现在不是在搞新农村建设嘛，村长家围墙刚砌好，你去粉墙吧！"

"我，粉墙？"李大槐以为听错了。

"是啊，村长说了，你把他家院墙粉得越白越好。白就是新，新就是新农村。"香芹说得得意扬扬。李大槐想笑，可没笑声来。

墙要粉白，需多放石灰，少放沙。这最基本的功夫，李大槐懂。干起活来，他倒也有模有样。先用大推板将泥灰糊在墙上打底，再用小脚铲提浆抹平。那石灰上了墙，嗞嗞冒着气泡，似乎在强烈地抗议着。冒的气泡越多，李大槐手中的脚铲就越用力，左一挥，右一拉，把气泡全按进泥浆中。不服不行，李大槐自言自语："你的命运掌握在我手中呢！"

气泡被按住，阳光正灿烂，粉过的墙一点点变干，一点点变白。李大槐对自己的杰作很满意。正在这时，一连串的哭号声夹杂着脚步声由远及近。李大槐听到村长家的堂屋门吱呀关上了。

哭号声停在院外，是村妇小柳。小柳想进去，却被村长家的狗挡在大门口。这狗是藏獒与牧羊犬杂交出来的，既凶又狠，很像汉奸。它本识得小柳，但此刻却翻脸不认人，堵住大门，狂吠不止，吓得小柳不敢前进半步。

小柳扯着嗓子喊："王大头（村长名），你给我出来——"

小柳喊得越凶，狗对她叫得越厉害。汪汪，汪汪汪，狗吠压住了人的喊叫。屋外热闹，屋内却没一点反应，只有风呼呼地吹过。小柳喊道："王大头，你不是爷们儿，不是人，答应我的事，占了便宜就反悔。你猪狗不如，你欺负我男人不在家，有本事，就给我出来。别人怕你，我不怕你。你个缩头乌龟，你个软鸡鸡捏的，你想让别人帮你生个儿子，生下来也是没屁眼。"

小柳又喊又跳，渐渐地把嗓子都喊嘶哑了，声音也弱下来。李大槐发现，小柳骂了半天，村里也没有人前来围观，更没有人来问个缘由的。有的只是远远伸长脖子在观看。李大槐还发现，就在小柳的骂声中，他粉过的围墙饱受阳光照耀，越来越白，白得如同镜子一样，会反光。

小柳骂累了，转身问李大槐："你这个鬼，看见王大头在家没？"

李大槐不吭声，只是摇摇头。

这显然让小柳很不满意，她提高声音："你就是个鬼，胆小鬼，你什么都知道，就是不肯说，王大头就躲在家里，对不对？"

李大槐看到小柳的瞳仁里有光，那光慢慢变成了太阳，似乎要燃烧起来。吓得他赶紧结结巴巴地回答："你……你怎么知道他在家里？"

小柳大哭，哭得浑身颤抖："我当然知道，当然知道，这屋中飘出他的气味，我能不知道吗？你去，你去把那狗给我赶开，我要把王大头揪出来，让他给我当面说清楚。"

"可我是来粉墙的。"李大槐低声说。

"你这个鬼哟，给他来粉墙，还粉这么白，也不怕脏了你的手？"小柳越说越气，呸地一口浓痰吐到了刚粉刷好的围墙上。

那哪里是痰，分明是一口血。

李大槐愣住了，小柳也愣住了。愣了片刻的小柳，再次哭号着跑开了。

那吐在墙上的血水开始向下流，如同从宣纸上滑下的墨！李大槐揉揉双眼，抬头看看天，天上阳光正烈，无数个套着七彩光环的圆正密密匝匝射下来，射到雪白的墙上，射到那口正在下滑的血水上。

这不行，粉墙就得粉白，白就是新，新就是新农村。李大槐想着香芹说的话，弯腰拿起小脚铲，先剔掉墙上的血水，再挑一团很白很白的灰，慢慢涂抹上去，把所有血的痕迹都掩盖起来。

也许血的痕迹太浓了，一遍灰竟然没盖住。李大槐又来一遍，再来一遍，直到把那个地方抹得白花花的耀眼，方才罢手。

小雯的扫帚会唱歌

刀郎走红的时候，头儿最喜欢唱那首《冲动的惩罚》。啧啧，这词，多美。

头儿只要有空，就不会让嘴巴闲着，翻来覆去就是那十几句。有时还用鼻子哼，间或嘘嘘地吹着口哨，听起来挺押韵，顺溜。

头儿唱在嘴上，想在心里。他也想拉着一个人的手，胡乱地说话。这个人叫小雯，刚毕业分配到单位的学生。戴个眼镜，白皙，素净，如一粒盛开的苔米，走到哪儿都有一股淡淡的香。

终于有机会，头儿和小雯单独聚到一块儿喝酒了。小雯喝一点点，脸就扑扑红，头儿一仰脖，咕噜咕噜就是一小瓶青岛。然后抓起麦克风就唱：如果那天你不知道我喝了多少杯，你就不会明白你究竟有多美，我也不会相信，第一次看见你，就爱你爱得那么干脆。

头儿唱得很卖力，可小雯却没有一点动静。眼睛盯着电视，一丝不苟地看，生怕漏掉了某一个画面。头儿只得借着酒劲单刀直入，去拉小雯的手。在头儿的印象中，这应该是水到渠成的事。什么叫头儿？头儿就是大爷！没想到却被小雯挣开。再拉，小雯就反抗了。头儿气急败坏，一张脸拉得老长。

第二天，小雯就从办公室的一员变成了值外勤的清洁工。头儿规定，每天上班前，整个单位的大院都要扫得干干净净，特别是林荫道上不要留下一片落叶。

单位有钱，建设得像个公园。树多，花多，路两边都是长满胡须的小叶榕。嫩芽初生，黄叶飘零，四季不分，旺旺地长。小雯特意乳了一把大扫帚，取下眼镜，套上蓝色工作服，哗啦哗啦扫开了。

头儿看着小雯吃力的样子，很开心，口哨也吹得更响。有时，头儿会以散步的形式靠近小雯，问："感觉如何？"

小雯停住扫帚，扶把汗，很真诚地向头儿建议："后院水池边的那棵柳树应该移走，因为那是一棵旱柳，黄叶皱枝，没一点精神。最好换成河柳或是长叶柳，那就会生机勃勃，碧绿如玉。还有，月季不要栽在公园当中，南方的太阳毒辣，月季开花的品质会降低……"

小雯还想说下去，头儿已扭身走开了。头儿不想再去理睬小雯，可内心总觉得竖了一根草，细细的，拨弄得他极不舒服。

一日下着小雨，头儿破天荒早起了一次，他想看看在这种天气下，小雯是不是在坚持工作。穿着雨衣的小雯看到了撑着小花伞的头儿，忙向他招手。头儿心中窃喜，脸上却不露声色。

小雯说："头儿，你听，我的扫帚会唱歌呢！"

"唱什么歌？"头儿怪怪地看着小雯在雨中哗哗地扫着随风雨飘零的落叶，一下一下又一下。

"是《雨中即景》，听过没？"小雯问得仔细，回答得也很认真，并跟着扫帚声唱：哗啦啦下雨了，胆小的人儿都在跑——

看着小雯自信且快乐的样子，头儿的胸中憋满了气。

气大伤身，为了消气，头儿往酒吧跑得更勤了。找陪酒的小姐，唱《冲动的惩罚》，一遍又一遍，唱得街上的流浪狗都跟着汪汪地回应，以为是同伴在呼唤呢！唱来唱去，头儿都觉得心里不是个味。人，有时就是这么贱。

一晚，头儿醉醺醺从歌舞厅里出来，上车的时候，脚下一软，摔了一跤。本以为没啥大事，谁知到医院一检查，竟查出一个胃癌晚期。头儿彻底崩溃了，找了多家大医院，诊断结果都一样，头儿不想再折腾，就躺在家里静养。窗外就是林荫道，树木郁郁葱葱，一片浓绿。小雯还在当着清洁工，每天风雨无阻，依旧刷刷地扫个不停。

头儿临终前，突然对家人说，他想听歌。家人赶紧给他找《冲动的惩罚》，头儿却说不，是《雨中即景》。

然而没等家人找来，头儿就咽气了。事后，家人说，人死之前大都是大彻大悟，心跟明镜似的，而头儿却犯糊涂，要听什么《雨中即景》，家里根本没有那个碟子啊！

药　方

现在老朱有些毛病也去看中医。

以前老朱不大去中医院，主要是嫌麻烦。西医多方便，打点滴，吃丸药，快。

局长就笑他不懂养生。西药三分毒呢，拿着生命赌明天。中医，国粹！别小看那些根根草草的，熬上一锅，既治病，又强身。

为了接近局长，老朱慢慢就去了中医院。但老朱很少碰到局长。局长四十出头，胖得像个肉墩，一走一哆嗦。毛病自然不少。局长老叫头痛，说是局里效益不景气，操心操的。虽然老朱职位低，但是元老级人物，局事洞悉胸怀。老朱强忍着腰疼，用了一个月的时间整出一份方案想交给局长，可局长一直没机会跟他面谈。有次在酒桌上，老朱趁着酒兴对局长说："有机会我俩单独聚聚，说不定能治好你的头痛呢！"局长眼一瞪，说："别扯淡了，你属老虎，我属鸡，单独聚，犯冲呢！"半真半假的，惹得一桌子男男女女哈哈大笑。老朱的脸色红里透着黑，心里直骂自个犯贱。

犯贱归犯贱，老朱还是希望能有机会跟局长聊聊。这一天终于盼到了，是双休日的下午，外面正下着雨，冷飕飕的。电话是局长夫人打来的。局长夫人说，局长头痛病又犯了，找不到人，你去陪一下吧！老朱放下电话，手捶着腰椎，赶了过去。

中医院里，内科室里只有一位年轻的小伙值班。这小伙长得挺俊朗，白白净净的像个女孩。局长哎呀连天，极不情愿地伸出了手脖。

局长问："你们院的刘一手刘专家呢？"

"刘教授去了西山梅庄。"小伙把脉把得挺认真，把完左手把右手，还看了看局长的舌苔，问了问局长大便颜色、干湿等情况。局长显得很烦躁，问小伙："你是不是新来的？"小伙点点头。局长突然提高了声音又问："我这是什么病？"

小伙正在开药方，头也不抬地说出两个字："肾虚。"

局长哑着嗓子笑。因为头疼，笑比哭还难听。

小伙把药方递给老朱，又接待下一个病号。

老朱看药方上写了以下几味药：桃红四物汤、羌活、独活、五苓散、鸡血藤、白芷、黄芩，外加麻黄若干。

老朱要去抓药，局长喝住了他，局长说："走，去西山梅庄。"

老朱明白了，局长信不过这位年轻的医生。

西山梅庄离这有三百多公里，望着噼里啪啦的雨点和渐渐隆上来的暮色，老朱建议："要不，先吃上一服，明天再去？"

局长眼一瞪，老朱便不再吱声了。

一路上，伴随着局长的号叫，小车飞似的往前冲，幸亏车少人稀，到了地点，才午夜11点。

刘一手听说局长深夜来临，忙披衣而起，精神抖擞地号脉。

局长问："嘛病？"

刘一手沉吟了一会儿说："肾虚。"

局长一愣："肾虚与头痛有什么关系？"

刘一手说："头为诸阳之会，与脏腑相连，肾虚则经乱，引起头痛。"说完开了一张药方，让局长和老朱赶快治疗。

老朱看完药方，心里也愣住了，这药方同年轻医生开的药方一模一样。局长不信，仔仔细细地对比两张药方，只是在用量上，麻黄少了三钱。

局长说："你猪了吧，看到没有，就是这三钱，人家就是专家！"

老朱无语。回爽后，老朱强忍着腰疼，从箱子里掏出方案，啪地按着了火机。

在熊熊火苗中，忽地一滴水滴了下来，是老朱的泪。

祝　福

老板没想到环卫工人李大勇会提出这么个要求。

春节临近，市里例行要到各条战线去慰问。老板是在无意间看到省报上省长慰问一线工人的照片，心里一动，做出了亲自慰问环卫工人的决定。

老板一行的到来让小小的环卫所激动不已，连狗啊猫啊的都在人群中窜来窜去凑热闹。

老板说："同志们辛苦了，你们是我们这座城市的美容师，城市的脸面就是我老板的脸面。我，一年365天能干干净净地呈现在大家面前，你们功不可没。在此，我代表全市人民向你们表示衷心的感谢！"

也许是因为这几句话说得比较真诚，再加上老板对着大伙儿深深鞠了一躬，顿时让在场的环卫工人都感觉眼睛润润的。

就是在这时，李大勇举起了手。老板稍稍有些诧异，也仅仅是片刻，老板说："这位同志，你有什么请求，尽管说。"

李大勇鼓足勇气，略显紧张地说："老板，你能不能把你的手机号码告诉我一下。"

这个问题让很多人都感到意外，刚才还热闹非凡的场面一下子变得鸦雀无声。

紧跟老板一起来的秘书忙回答："我们老板一般不带手机，有事的话可以……"

老板摆了摆手，制止住秘书再往下说。

李大勇的脸腾地红了起来，像刷过油漆的土坯墙，黑里透着红。李大勇忙慌慌张张地解释："老板，我没别的意思，我在这里工作八年啦，八年来，你是第一个来看望我们的，要是你不来，我这一辈子也不可能见到像你这么大的官，我打心眼儿里感激你，只有你尊重我们这些扫马路的，把我们当个人看，所以，我就想要你的号码，每年过年时我代表大伙儿给你发个信息，为你祝福！"

老板听完，笑了。跟随着一起来的人都笑了。环卫工人鼓起了热烈的掌声。

老板把他的手机号码告诉了李大勇。

说句心里话，老板把手机号码告诉给李大勇后，心里确实嘀咕了很久。他不想要李大勇什么狗屁祝福，祝福对他来说已成了过多的累赘，李大勇只要不给他乱打电话、乱提要求，他就已经烧高香了。现在的人，特别是生活困难的人，一旦认识了某个领导，大都是热皮毡，难缠啊！

然而，老板多虑了。慰问过后的几天里，他的手机除了熟悉的号码外，李大勇竟没发过一条信息来。

大年三十，在一片祝福声中，老板收到了李大勇的祝福短信。短信很简洁，开门见山：我是环卫工人李大勇，我们大伙儿给老板拜年啦，祝您身体健康，合家幸福，万事如意。

老板笑了笑，随手删除。老板从不给下属回短信。

老板认为，李大勇也就是一时心血来潮，过完年也就过去了。

但出乎老板的意料，第二年、第三年、第四年，每年的大年三十，老板都会收到李大勇的祝福短信。也就是在收到祝福短信的那一刻，老板才想起有个环卫工人叫李大勇，才想起前几年慰问的那一幕，以及那热烈的掌声。

第五年的时候，老板出事了。老板犯了当今所有贪官都犯过的错误——收受贿赂，包养二奶。老板认罪态度极好，并检举揭发了有关人员。查处后的老板被削职为民，从一方诸侯成为一介布衣。老板夫人及时与老板划清界限，老板成了孤家寡人。

这年的大年三十，老板正在厨房煮饭，嘀的一声，手机响了，老板愣了很久，才伸出有些颤抖的右手抓起了手机。收件箱里只有一条短信，是李大勇发来的。只是这次与往年不同，少了祝福语，多了一句问候语：我是环卫工人李大勇，给老板拜年啦！老板，我们都很想念你！

老板想，可能李大勇不知道自己已下台了，就回了一个短信，说自己已不再是老板了。

不一会儿，李大勇又回了过来：老板，你当不当老板没关系，自从那年你来看我们，你在我们心目中就是最好的老板。你把我们放在了眼里，我们就一直把你放在心里。你就是我们最尊敬的人，是你让我们在这个冷漠的城市里感受到了温暖，感受到了劳动的光荣，我们永远感谢你！老板，多多保重，你永远是我们的好老板。

老板看完，眼泪唰地流了下来。

老板清楚地记得，这是他自从当官以来第一次流下眼泪。

老汪和他的儿女

老汪有点怪，儿子军都当上局长了，他还蜗居在小山村里种莲藕。

夹河湾这地方多山多水多薄田，别人都爱养鱼，偏老汪种藕。种藕挺费事，既要下种照料，又要在凛冽的冬季里清泥挖掏，一般人都怕。

老汪的藕种得特好。一到春、夏两季，河湾里就一片盎然绿意，斗笠大的荷叶夹着红白相间的荷花清香远溢，煞是悦目。

那个时候，老汪就领着儿子军、闺女巧儿来看荷花。军比巧儿大八岁，军走在中间，除了身材单薄许多外，个头儿差不多快撵上老汪了。军上初中，学习成绩就像老汪种的莲藕，红里透着紫。老师们说这是吃藕吃的，心眼儿多着呢！而巧儿的成绩就不行了，连上了三个一年级期末考试才勉强及格。老师们也说这是吃藕吃的，把整个心眼儿都堵死了。

军在看荷花的时候就想下去掏那种嫩嫩的、刚从母体剥离出来、正要茁壮成长的藕头吃！于是军趁老汪不在的时候，果真下去掏出这么一截藕头。没想到却遭到老汪一顿好打。老汪说："打你是要让你知道，折一个藕头至少要害两莲藕呢！小藕死了，母藕也活不了，连好不容易钻出水面的荷叶、荷花也要死去一大片。这是残忍的事，不可做。"

打完，看看儿子挺委屈的样子，老汪又说："吃藕要等到立冬。立冬了，藕才收浆，藕才真正成熟，那时吃起来才有味道，才安然。"

那个时候，军就觉得老汪有点笨。市场上为了抢价钱，上市的嫩藕头多着呢！这种小事都认为残忍，你一辈子别想发财。

军有这种超前意识，学习上自然很刻苦，从初中到高中，再到大学，他都是班上的佼佼者。一毕业，军就被分到一家比较好的单位。熟悉的人都说他年纪轻轻的，很会办事，仕途不可限量。

果真，不到一年，军就成了科长。

见到儿子有出息，老汪也很开心。每年冬季，他都要掏一袋莲藕送给军吃。军一看到藕，就想到当年那一顿好打，心里就不舒服。他故意问老汪："我现在还想吃嫩藕头呢，你给不给？"

老汪脸色一凛，很着重地重复："不行。"

军就觉得老汪古董得不可理喻，就不吃老汪送来的藕。

老汪劝说："莲藕好着呢，清火，润肺，养人。"

军针锋相对："鸡鸭鱼肉好着呢，强身健体，滋阴壮阳。"

老汪看着儿子的眼光就慢慢地变得陌生起来。

军当上局长后，看看身边的同僚，大都把父母供养起来，立刻悟出一条道来。于是，军也想把老汪接进城来住，老汪不肯。军说："爹，我是局长呢，给我一点面子吧？"

老汪一听这话，火了："我凭自己的双手吃饭呢，丢你什么人？别坐了几天高堂就忘了本！"

军见老汪不听，就找妹妹来劝。

巧儿对老汪也挺气。巧儿最先处的对象是上流河的小申，这小伙长得壮实，一手木工活雕龙刻凤，做得精巧别致，人见人夸。同小申相比，巧儿可有点差。巧儿是绿豆眼，厚嘴巴，短身材，黄头发。因两家是世交，村人都说巧儿有福气，巧儿也沾沾自喜。

随着军的高升，镇部门一位年轻的副所长竟追求起巧儿来，三天两头开着摩托车往家里跑。老汪看出点门道，坚决不答应。巧儿就哭，哭妈死得早，碰到个糊涂的爹，人家都希望子女成龙成凤，偏偏这爹喜欢女儿钻泥巴洞。

巧儿哭得是泪眼滂沱，撕心裂肺。村民们也觉得老汪不可思议，说："人往高处走，水往低处流，这是好事呢！"

老汪说:"我的女儿我知晓,这种事总感觉不对调!"

但腿长在女儿身上,就在老汪态度硬得像个钢钉的时候,巧儿已悄悄地拿到了结婚证。

现在已是所长太太的巧儿浑身珠光宝气,连说话也充满了官气:"爹啊,你辛苦一辈子啦,也该享享福啦!不到哥哥家到我家,日子也一样好着呢!你掏藕那点钱呀,还不够我给宠物买狗食呢!"

"啧啧……什么话?"老汪头一扭,不再搭理女儿,独自看莲去了。

忽一日,军医受贿罪被削职为民,重新回到了生他养他的小山村。军觉得很冤枉,才十多万呢,就被查处了。老汪却说:"这是好事,幸亏你只贪了十多万,要是贪了上百万,我恐怕连你的面都见不到了。"军听后有些恍然大悟。

又一日,巧儿也孤单单地回来了,脸上青一块紫一块的,眼睛红得像个桃子,手里提的花布包裹紧紧地打了个死结。军显得很意外,张张嘴却没发出声来。

老汪长叹一声,说:"只当是个梦,你们还年轻呢!有我在,有莲藕在,就不怕没希望。走吧,到河湾去瞧瞧。"

老汪说完就往外走,一直不愿出门的军似乎被一股神奇的力量牵引着,慢慢地踱出了门槛,身后紧紧地跟着巧儿。

王调研

王调研名叫王奎良。因他从上班开始就在调研室，干到现在快四十岁了，依然外甥打灯笼，照旧。

有人曾调侃当今社会有"四大闲"，说是老板的太太领导的钱，下岗工人调研员。

王调研听完只是笑，咧嘴的那种。

因为闲，王调研就在办公楼周围侍弄一些花草。他对花草似乎有些研究，特别是物种的搭配与造型，连九洲花木公司搞管理的赵师傅都自叹不如。

办公楼后院的围墙就是一个例子。这围墙有二十多米长，因没有粉刷，粗糙扎眼的火砖同整个内外装修的大楼相比极不协调。赵师傅原本是想种下一片常春藤来遮拦遮拦，王调研则指使他在陶罐里扦插上青蛙藤、矮牵牛和袋鼠花，并用古紫藤换下了常春藤。

王调研说："花草都有个性，木质藤本科善依附、喜攀比。让一个品种独占一面，会殃掉。多了，才热闹。"

到了季节，这些攀爬植物果真如走地蛟龙，沿墙脚漫游其上，苍翠欲滴。中间紫藤垂萝，袋鼠膨胀，蛙藤绕茎，此花刚谢，彼花又开。加之地下种了一层百日草，粗壮直立的茎秆上开着一朵朵桃红、粉红、金黄、白色的花朵，引得蜂虫嗡嗡，香气馥郁，远远望去，简直像一张悬挂起来的绿色国画。

王调研本来也有许多升迁的机会，但不知怎的，每次都如昙花般一现，还没等人明白过来，一切又归于沉寂。

只有一件，让大楼的同事们津津乐道。

那是 7 月的一天，太阳炙烤，坚硬的水泥地面被晒得爆出裂缝来透透气，偏偏尚庄的一大群农民在这个时候为了水塘的纠纷跑到办公楼前静坐。

负责解决此事的领导让农民们派几个代表进办公楼汇报，其余的回去。可农民们倔，一屁股蹲在地上就是不起来，有些人受不了，就坐到草坪上。

恰巧王调研骑着单车从郊区回来，静坐的农民有认识他的，就王调研、王调研地喊——

王调研看看天，太阳正冒着火。用带汗的手摸摸地，嘘——竟能起烟。王调研知道农民的秉性，丢下单车，就向后五楼的会议室慢步小跑去。

不一会儿，王调研抱来了一摞子方凳。

"坐吧，别中暑。听我的话，就先回去！"

王调研一趟一趟地跑，大楼里的人们像看把戏一样伸长了脖子。

王调研来来回回跑了十几趟，浑身上下的衣服湿透儿，像从水里捞上来一样。凳搬够了，他还要跑。

农民们说："干啥？"

"给你们拿些报纸，遮阳。"

有些人低下了头，年纪大的老农一挥手，说声："走！"

一会儿，农民走得精光。

事后，有人问王奎良："干吗那么出风头？"

王调研咧嘴一笑："哪里，我心疼花草呢！"

经此一事，就有人注意到了王奎良，并且去了他家里考察。

王调研的家简直是一个花的世界。中国传统的十大名花如兰花、菊花、茶花、荷花、桂花、水仙等，他这里就占了十之七八，一盆盆清新隽永，富有诗意。

考察的人看到王奎良阳台上有一盆兰花开了，很是招人喜爱。这朵兰花镶着银边，晶莹剔透，开出来的花朵翠萼翻卷，唇瓣裹着红珠，素中有艳，艳中有素，相映成趣。

考察的人忍不住用手摸了一摸。

王调研大惊失色，欲阻拦，已来不及了。等考察的人走后，王调研连叫完了完了。

家人问他何故？王调研说："那家伙刚才小便没冲洗，用有尿臊味的脏手去摸兰花，兰花洁身自爱，忠贞崇高，这盆精品兰必死无疑。"

果然，没几天，那兰花便恹恹死去。

只是这话不知道怎么传到考察人的耳朵里去了，王调研本来要移动移动位置的事也就泡了汤。

王调研也不在乎，只把花草照顾得更勤了。每天总要骑个单车提前大半小时上班，又是剪枝浇水，又是灭虫施肥，乐此不疲，完完全全成了一个花匠。

他这和举动让赵师傅的老板曹董事长知道了。曹董事长是美籍华人，与三调研同年，属牛。

曹董事长问："真的爱花草？"

王调研说："以前不全是，现在是。骗你属狗！"

曹董事长就逼视着王调研："那就来我这儿干吧！"

王调研闭了一会儿眼睛，猛地再睁开，说："好。"

整个大楼的同事对王奎良走好像没有什么感觉，只是那些花草在一天天枯萎下去。

半年后，大楼的一些同事陪几个考察团到九洲花木公司参观，中午吃饭的时候才见到王奎良。他穿着一身便服，正跟几个服务员一起端茶倒水，忙得不亦乐乎，脸上一层光彩。

同事笑他："不听说你当老总了吗，怎么变成了服务员？"

王奎良笑，声音爽爽的："一样，一样，都是为客人服务的。"

那天客人来得太多，王奎良吩咐手下，用自己的车先把同事送回去。同事大笑，揶揄王奎良："我们可不会踩单车噢！"

等出了门，几个同事怔住了——

一部崭新的白色奔驰停在门口，锃亮。

月亮泪

那年我回家乡小住，炳昌给我电话，约好下午他从城里回来，一起去标叔家中坐坐。

标叔住在村里，离我家不远。回来的第一天晚上，我就去拜访过他。他不想说话，没聊几句，就把我打发走了。

这两位在我们村可是大名鼎鼎的人物。

还是大集体时，炳昌是大队书记。他干了七八年，我们的肚子还经常填不饱。那时，我刚上初中，每周都要带些红薯片到学校当干粮。

标叔比炳昌小五岁，辈分高，又当过兵。他从部队复员回来，炳昌就主动让贤，让标叔当书记。

标叔连连摆手，称不敢当，不敢当。炳昌说："不是让你当官，是让你担担子，让乡亲们能吃上细米白面。"

那时，改革的苗头正在萌芽，农民可以悄悄做点小生意。标叔是见过世面的人，他建议把大队的稻子卖到邻县去，再把邻县的黄豆拉回来卖给粮站。这样来回倒腾，到年底，每家每户能多分十几元钱现金。

十几元钱啊，在 20 世纪 70 年代末，对农村来讲，可是一笔不小的收入。但这也有风险，一旦被上面知晓，轻则丢官，重则坐牢。炳昌把胸脯一拍，对标叔说："你放开手脚干，出了事，我承担。"

这两条汉子铁了心，要让父老乡亲们吃饱饭。

仅两年，我们的生活就有了起色。平日里都能吃上白面馒头，全村人的脸上泛起油光。

也该标叔走运。第三年，春雷一声响，大锅饭被打破，谁能干谁先富谁就是英雄。标叔带着大伙儿做生意，不再偷偷摸摸，运粮的喇叭声按得震天响。

大公社也改成了镇。

镇领导觉得标叔是个人才，把他请到镇里搞经济。标叔说，他去可以，但需要一个助手。他望着炳昌，乐呵呵地笑。

我们村的人都说，标叔做人最风光，当官不忘带炳昌！

等我南下寻工时，他俩已调入县城。标叔在教育局任一把手，而炳昌却在纪委供职。那段时间，周边村民都以我们村为荣。看看夹河，那是风水宝地，出人才，旺！

然而没旺到几年，风水就败了。

原因是标叔犯了事。也不是什么大事，他把一个女老师的肚子搞大了。那年头，这样的事例很常见。标叔私下和女教师商量，只把孩子做掉，要钱给钱，要位置给位置。以标叔的权力，可以很轻松地给女老师划拨个校长当当。

女老师鬼打迷头，什么都不想要，只想和标叔名正言顺，出双入对。

标叔坚决不肯。用现在的话说，他是有底线的。

结果女老师一哭二闹三上吊，找到纪委。炳昌接手这个案子。

标叔听说炳昌在负责他的"烂事"，得意得哈哈大笑。

没想到，炳昌不仅查出他搞了多少女人，而且查出他以权谋私，贪污受贿多少钱财。这个案子轰动了整个县城。那时，还没有八项规定。标叔成了我们县第一个被"双开"（开除公职、开除党籍）的领导干部。

炳昌破案有功，拟官升一级。不料想，关键时候，炳昌病倒了，病得一塌糊涂，只得提前内退，在家休养。

这都是十多年前的事了。

炳昌来了，踩着单车来的。他年近七十，累得气喘吁吁。自行车后架上绑个袋子，里面有烟有酒还有肉。

炳昌说："还行，你小子还没忘本，知道回来后给我个信息。"

我说："哪敢呢，当年要不是你和标叔大力支持，我哪有钱去读大学。这恩情，永记着。"

炳昌摆摆手："得，别给我油腔滑调。走，去看你标叔。"

没想到标叔看到我俩，立即关上门。

炳昌说："知道我让你来的原因了吧！去，敲门去。"

我敲门，没任何反应。用手推了推，竟从里面闩上了。

炳昌说："好在厨房门没锁，今晚我俩就在这儿煮饭吃。"

"在这儿？"

"对啊！"

看看紧闭的堂屋门，我一时不知所措。

"你才吃一次闭门羹，就蒙了。知道我吃了多少次不？我都这样过来的！"炳昌说完，走进厨房。我跟进去，配合他择菜烧火。

待炒好四个菜，焖上一小锅米饭，天已黑下来，月亮也升起来了，开始有点朦胧，把大地照得花花点点，活脱脱像个小丑。

炳昌说："今晚没风，就摆在院里吃吧！"

我说："没风也冷啊！"

炳昌不再理我，把小桌子搬到院里，并且对着堂屋门口。我再次敲门，喊标叔出来。屋内没有声响。

炳昌说："来吧，我俩吃吧！"

炳昌连着喝了三杯酒，说："我知道，你恨我。你觉得我忘恩负义，是个小人。是我害得你众叛亲离，如今孤苦伶仃待在乡村。我可你检讨，再罚三杯。"

炳昌站起身，月亮将他的身影摔倒地上，细细的，很孤寂。

我拦住炳昌，这样喝下去，会醉的。

炳昌说："不，会醉的人在屋里。这么多年了，还看不清形势，当年的勇气哪儿去了？才六十多岁，还不如我古稀老头。"

我替炳昌夹些菜，他不吃，继续往杯里倒酒。"我今天把秀文叫过来，就是想告诉你两件事。第一个，退休的林县长被抓了。他与你同年。你当局长时，他在当镇委书记。那时，我们三人关系最好，常常聚在一起有说不完的话。你双开时，他当上了副县长。如今退休都七八年了，还是被抓住。判十五年啊，这十五年都要在牢房里过。我真正对不起的是他，是他，你知道吗？"

炳昌有些激动，月光罩住他的脸，鼻翼微微在颤抖。"那时，我稍强硬一点，坚持一些，今天可能他就会和我们一起喝酒，而不是蹲在冷冰冰的牢子里。"

炳昌声音形如发哽，他把杯中酒一饮而尽，继续说："第二件事，也是最后一件，今后我可能不会再来看你了。

今天约秀文一起，他是个明白人，也算有个见证。在此，再次郑重地向你说声对不起，是我……是我害了你。我就是死了，也问心无愧啦！"

　　就在此时，我听到堂屋门吱呀一声响。月光瞬间挤进门内，照花了一张苍白的脸。我清楚地看到，这张脸上，正无声息地流着泪。

小小说的"反他性"（代后记）

"反他性"是我创造的一个词，也是不成熟的思考。

什么是"反他性"呢？说白了，就是以小小说中的人或物来反观作者的创作过程。思路变一下，不让读者顺着作者的思路去阅读，而是让作者书写的对象，对读者冷冷地表示，作者错了。

有点绕。举个例子。

最近看了一篇《路条》，也是高手作品，讲的是解放军在山里围歼"国军"，发现有漏网之鱼，于是派出"两个换掉乳牙不久的童子军"，在村口盘查。这时来了一位二十上下年纪的人，人中处长着颗"定中痣"。一童子军暗中收了银圆，将"定中痣"放走了。

四十多年后，有台湾人来大陆办厂，当地的一把手（当年收银圆的童子军）出面接待。一见面，就认出了台商"定中痣"，两人亲热得不得了，都说意想不到、意想不到……

读到这里，作品中的两个人开始跟我说话了，编的，编的，有点儿假。这就是我要写的"反他性"。

　　我是个比较愚笨的人，力求小小说像散文一样，充满着真情实感，不让笔下人物说我没有进入他们内心，让他们反感我的做作。

　　像上面的例子，认真阅读当下小小说作品，有很多都存在这样的问题。当然，玄幻小小说除外，一会儿上天，一会儿入地，前言不搭后语，那是鬼怪，不是凡夫俗子，可以理解。但好的玄幻一定也是讲人话、办人事的。

　　由此，我时常警惕自己作品中的"反他性"。最近我写了几篇小小说，都用作品中的"物"来决定自己的意向。比如塑料雨布为报答主人的救命之恩，决定联合一棵树"杀死"残害主人的凶手。这里面有相当大的难度，稍不注意，"反他性"就会指责我在说谎。于是，我很谨慎地写下了《我们的命运叫等待》。这里还原下，你认为不可能，但确实可能存在的经过。一位凶手，三年后经过他当年杀人的黑风林。此时刮着小风，没有月光，整个林子呜呜咽咽。凶手心中发慌啊，可为了件急事，必须穿过林子。凶手走到当年杀人谋财的地点，突然看到一个人手舞足蹈地立在路中间，他立马开了一枪，可这个人没被打死，反而呼啸着向他扑来……凶手死了，原因不过是树枝上挂了当年的塑料雨布而已。其中任何一个细节，我都要让"它们"出来先和自己说话，觉得不假，才让它们站在适当的位置上，表演一出好戏。

诸如此类的还有"我们家族经常救人，却隔三岔五被人们捆绑起来，当着众人的面，活生生、血淋淋地被剥皮"。剥了父母的，剥兄弟；剥了兄弟的，剥姐妹。我们这个家族活得有意义吗？你听了会感觉不信，但若你知道有一种树叫"杜仲"，就会恍然大悟。所以我写了《谁人知道杜家的哀》，其中细节都用"反他性"来提醒我，写作时尽情还原小说中人或物的真性情。

当然，写作中还有诸多的不足，但我总是在慢慢摸索。我坚信，以"反他性"来警醒自己，一定能有些许收益。

图书在版编目(CIP)数据

我们与恶的距离/肖建国著. -- 北京:中译出版社,2022.3
(第九届(2018—2020)小小说金麻雀奖获奖作家自选集)
ISBN 978-7-5001-6995-6

Ⅰ.①我… Ⅱ.①肖… Ⅲ.①小小说—小说集—中国
—当代 Ⅳ.① I247.82

中国版本图书馆 CIP 数据核字(2022)第 038701 号

我们与恶的距离
WOMEN YU E DE JULI

作者:肖建国
责任编辑:温晓芳 / 特邀编辑:尹全生 / 文字编辑:宋如月
封面设计:北京锋尚制版有限公司 / 内文排版:北京杰瑞腾达科技发展有限公司

出版发行:中译出版社
地址:北京市西城区新街口外大街 28 号普天德胜大厦主楼 4 层
电话:(010)68002926 / 邮编:100044
电子邮箱:book@ctph.com.cn / 网址:http://www.ctph.com.cn
印刷:北京中科印刷有限公司 / 经销:新华书店

规格:880mm×1230mm 1/32
印张:9.375 / 字数:158 千字
版次:2022 年 4 月第 1 版 / 印次:2022 年 4 月第 1 次
ISBN:978-7-5001-6995-6
定价:42.80 元